—————— 阅读之前 没有真相

午夜文库

她死去的那一晚

[日] 西泽保彦 著
孙国栋 译

新星出版社　NEW STAR PRESS

目录

- 1 楔　子
- 10 紧急恋人
- 36 不惑恋人
- 64 公约恋人
- 89 无敌恋人
- 124 逻辑恋人
- 148 携带恋人
- 173 怨念恋人
- 203 失乐恋人
- 213 尾　声

楔　子

踏入家门的那一瞬间，滨口美绪感觉到思绪一阵凌乱。

似乎有什么和平时不一样……这样的不安在腹部周围回旋。当然，她也不知道到底是什么和平时不一样。非要指出来的话，只能说气氛有些凌乱吧。

事后回想起来，连她自己也觉得不可思议。这天是七月十五日，时间是晚上十一点左右。这时的她已经喝得醉醺醺的了。虽然算不上酩酊大醉，但在离开居酒屋时，竟然没有立刻发现自己错穿了朋友的鞋子，明明朋友的鞋子尺寸和自己的完全不同。她还险些把装有钱包和学生证等贵重物品的化妆包忘在洗手间里。

说白了，在从居酒屋走到大路上叫出租车的这段时间里，她全身上下都是破绽。世上有很多人，接近他人是因为怀有不轨企图，而她对这个事实完全缺乏警戒心。不，应该说当时是完全缺乏。

即便如此，当美绪跟跟跄跄地从出租车上下来，笨手笨脚地掏出钥匙打开玄关的门，踏入家中的时候，她的酒醒了。照理说，警戒心什么的应该会被终于回到家的安心感一扫而光，可她却反而紧张起来。

因为酒精的缘故，五感和判断力变得比平常更迟钝麻木，为何能立刻感觉到异变，她自己也不知道。或许真的存在某种细微的"信号"在提醒着她，自己的家正以和平时不一样的面貌迎接着她。

美绪今年二十岁，家住四国的安槻市，现在是本地的国立安槻大学的大二学生。学校的朋友们都叫她"小闺"。

其实美绪非常讨厌某学长给自己随便取的然后便固定下来了的昵称。要问为什么的话，那是因为有部分朋友这样叫她的时候明显是带着揶揄的味道——"小闺"的意思是大门不出，二门不迈的深闺之女的意思。

美绪是独生女，父母又都执掌教鞭——父亲在私立高中任教，母亲则是小学老师。因此，她家教极为严格，有时甚至达到了戏剧化般的极端程度。

门限便是其中一例。滨口家的门限竟然是晚上六点，如今就算是小学生也不会管得这么严，否则连补习班都上不成。然而，现年二十岁的美绪依然严格地遵守着这一规定，听来可笑，但这是毫无疑问的事实。

一直过着这种连修女也自叹不如的禁欲生活的美绪，这天夜里却和大学的朋友们一起在居酒屋玩到晚上十一点过后才回家，这当然是有原因的。美绪的亲戚突然遭遇不幸，所以父母今早便请假赶往那边守夜。那个亲戚家住在从安槻市开车需要四五个小时的山村里，所以父母肯定要在那儿过上一夜，另外，两人还得协助出殡的事，所以预定要到明后天才能回来。

所以，现在滨口家应该不会有人来迎接她。当然，家里的气氛也应该和她早上离开家时一样保持着静谧。然而……

应该静止的空气有些凌乱，或者说本该冰冷沉寂的空气中却携裹着几分不安的热度——当然，这只是美绪的直觉所感受到的，无法用语言来明确形容。

她从玄关走向楼梯，却突然在客厅前吓了一跳，甚至变得有些畏缩。

那是？等等……

她感到冷汗慢慢从全身渗出。今早——或者说中午——出门的时候，难道自己没有把门窗锁好？

美绪的房间在二楼。今早被准备前往亲戚家守夜的父母叫醒后，她又睡了个回笼觉。当她睁开眼时已经是中午十一点左右了。她一边揉着惺忪的睡眼一边在二楼的浴室冲了个澡，然后又在二楼的洗脸台吹干了头发，化了淡妆，整理好仪容，接着便下了楼梯径直走向玄关——她记得似乎是这样……

不，不是似乎，事实就是如此。刚开始还漠然处之的那股不安在腹部一下膨胀开来，转变为可以明确感受到的胃痛。

换句话说，美绪今早真正醒来后，完全没有确认过一楼的门窗（除了玄关以外）是否锁好。因为她打算在学校食堂吃饭，没去厨房，所以她也就不知道后门有没有上锁。

父母出门的时候，有没有检查门窗是否锁好？她的父母都是细致到有些神经质的性格，若是平时，美绪敢打包票他们绝对检查了，但今早因为有急事，两人都有些慌忙。或许他们理所当然地觉得即使有什么遗漏之处，女儿也会处理好，因此没有像平时那样认真仔细地检查。

一种不祥的预感向美绪袭来。每当她犯下无可挽回的错误，或是确信自己即将犯下这种错误时，她都会感到一种像是脚底被小火蒸烤的独特焦躁感，而现在这种焦躁感正慢慢爬上来。

我到底在怕什么啊……美绪有些生气地斥责着自己。没事的，没事的，门窗都已经锁好了，一定不会有事的。就算有哪扇门或者哪扇窗忘了锁好，也没什么大不了的，毕竟从我出门到现在，也不过半天时间啊。

虽然美绪这样说服自己，但她无论如何都没法直接穿过客厅走向二楼。她像喜欢偷窥别人房间的色情狂一样，悄悄地把头伸进客厅的入口。

美绪原本打算环顾一圈兼作餐厅的客厅以及相邻的厨房之后，便立马把头缩回来的。应该没有任何异常，因为只有熟悉的装潢会映入眼帘。如果说有什么和平时不一样的话，只有沙发旁边多了一只明天旅行要带的大箱子——美绪打算确认过这一点之后，再回到二楼自己的房间。

然而，美绪却保持着这样的姿势，仿佛凝固了一般，因为她突然发现厨房那边有微弱的亮光，而飘然舞动的窗帘更是让她觉得不太对劲儿。

面向庭院的客厅玻璃落地窗大开着。如龟甲层层重叠般的庭院里的石头，深绿色的灌木丛，开满红色秋海棠的花坛等，借着门灯以及邻居家透过来的亮光的映照，在翻飞的窗帘对侧延伸扩展着。

不管父母出门前有多么匆忙，在这样蚊虫肆虐的季节也不可能放任落地窗如此大开着。因此，现在这种状况（包括厨房开着的灯）一定是"侵入者"干的好事。似乎是在等待美绪如此断定一般，突然，某个异物映入她的眼帘，扰乱了眼前熟悉的景象。

沙发的旁边，有个女人紧挨着美绪的旅行箱倒在地上，似乎是要用全身去体会地板的触感一般，毫无防备地双手摊开，仰卧在地上。

咻！犹如用手指摩擦橡胶一般诡异的声音从美绪的喉咙中漏了出来，不过连她自己都感到不可思议的是，悲鸣声并未跟着从喉咙传出。

正如自己的直觉所示，果然"出事了"。或许是自己的第六感太强，下次要不要向别人炫耀炫耀……到现在还能漫不经心地想这些无关紧要的事，美绪真是服了自己。当然这时她也已回过神来。自己究竟陷入失神状态多久了，她一时无从所知，也不想去看表确认。

"谁？"

这句从美绪口中蹦出来的无意识的话，显得有些愚蠢地在空气中回响着。包括那个倒在地上的女人在内，没有人回答她的问题。

女人闭着眼睛。不，严格来说，她的眼睛开了道线一般，细缝里露出了眼白，嘴唇也僵硬地保持着半开状态。

女人的年龄大约三十出头，身穿胭脂色的丝绸衬衫和有着大胆开衩的深灰色紧身裙。如果仅仅是这样的话，倒也算得上是个时尚靓丽的美女。但是对于这个女人，在讨论美丑问题之前，她有个惹人注目的异样特征。

那便是她的头发。一开始美绪以为她的发型是单纯的短发，但仔细一看，又觉得奇怪。那个女人的头顶偏后之处，戴着银色的发卡，但是无论怎么看那发夹的戴法都是用来系长发的。

事实上，发夹也的确束着头发，只不过那不是长发，而是被剪得乱七八糟的发梢。

这个女人剪了头发？注意到此事的同时，她的眼睛又捕捉到了某样东西。这个东西像洗好的衣服一样挂在她的旅行箱上——是一件肉色的丝袜。这件丝袜有接缝，脚后跟的位置还绘着蝴蝶花纹，看起来时尚而昂贵。然而丝袜里面塞着的却不是女人的脚，而是……

错不了，那是人类的头发。这束头发长达五六十厘米，就像假发一样，而且两端还用橡皮筋扎了起来。

美绪的眼睛自然而然地移向倒地女人的脚。女人果然光着脚，她的脚指甲上涂着红色，不，应该说是更接近黑色的指甲油，就像豆子一样排列着。美绪只能茫然地观望着。

美绪思考着眼前异常的状况究竟意味着什么，或者说，她努力尝试着去思考。然而她的大脑就像没有放入衣物的洗衣机，只是一味地空转着。

美绪的身体维持着直立不动的姿势，头却像乌龟一样用力地往前伸，窥视着女人的面孔。她一边从头到脚打量着这个女人，一边搜寻自己的记忆深处。但到头来却是白费力气。美绪对这个女人完全没有印象。

"这人到底是谁啊？"

难道……反复在心里盘问自己的美绪，脑中突然卷起不好的想象。这个人，该不会死了吧？

怎么可能，才不会发生如此荒唐的事呢！但是美绪越是想打消这个念头，这个念头就越发膨胀起来，并且逐渐转变为确信。这个女人的身体一动也不动，仔细一看，她的太阳穴周围有什么暗红色的东西流了出来，不仅如此，女人的一头乱发垂落的地板部分也泛着黑色，令人联想到融化的巧克力。

这、这是，该不会……美绪的喉咙发出类似气泡沸腾般的"啵"的一声。被殴打的痕迹？被某种凶器击打的痕迹？是这样吗？这么说来，这个污迹，这个暗红色的污迹，难道就是那个……血迹？

"天啊！"

仔细一看，不光是女人的头部，连餐桌周围还有地板上，也都沾着血迹。美绪忍不住皱起眉头，嘀咕道："要怎么办啊？谁来打扫啊？我吗？哎？我要来打扫这些？"

美绪本来就讨厌打扫卫生，现在居然还要她擦除血迹，想想就觉得毛骨悚然。拜托！要是我会打扫卫生的话，早就不顾爸爸和妈妈的反对，强行搬出去一个人住了，这种规矩多得绑手绑脚、闷得要死的家，我早就想和它说再见了……莫名其妙的愤怒感在她心里打转。

"等等，别、别开玩笑了！你倒是做点什么啊，这都是你的责任，你要收拾干净。在爸爸妈妈回家之前——"

发现自己竟然认真地向倒在地上的女人抱怨起来，美绪感到背部突然蹿起一股凉意。方才导致胃痛的那盘踞在腹部周围的不安，清晰地化作恐惧涌了上来。

美绪对眼前状况的认识已经从逃避现实转变为直视事态——一个素未谋面的女人不知为何在我家的客厅被杀害了，应该是这样吧。

这个女人跑到滨口家来做什么，现在已经不得而知了。总之，现在的情况是，这个女人确实来到了滨口家，然后出现了另一个"侵入者"，挥动棒状的东西对女人来了当头一击，在确认倒地女人的生死后，便迅速从大开的落地窗逃走。这另一个"侵入者"便是杀人凶手……这种电影里才有的情景鲜明地浮现在美绪的脑海中。

美绪跳了起来，她想大声尖叫，但声音却卡在喉咙附近，怎么也出不来。莫名其妙的废话要多少有多少，但为何尖叫声却发不出来？美绪急得直跺脚。

呜……呜……美绪呻吟着，眼角已经浮现出泪水。这、这究竟是怎么回事？这人到底是谁？这人在这里干吗？为什么倒在我家？

讨、讨厌！我不想看这种东西。谁来想想办法，快把这玩意儿给清到别的地方去！

没想到在无法出声的情形下陷入恐慌，竟是如此累人的一件事。气喘吁吁的美绪一屁股跌坐到地板上。

她注视着女人的脸，满心期待女人会在她的注视下自己消失。

当然，这样的奇迹没有发生。

……对、对了，电话——

当她终于冷静到想起电话的时候，时钟的指针已经走过了午夜十二点。报警！现在不是跌坐在地上的时候，要打电话报警！这样一来，警察就会帮自己处理掉这个烫手山芋了。

报、报警电话号码是多少来着……一、一一〇、一一〇……哎？可恶，到底是多少，说清楚啊！

虽然已经冲到了客厅的电话旁，但一时间却无法将自己口中念叨着的关键的电话号码转换为阿拉伯数字。因为太过着急，她甚至两度踢翻了电话桌，还三次骂出了如果父母听到会瞪大眼睛昏倒的脏话，最后终于按下了"1、1、0"三个数字。

太、太好了，这样就得救了……

然而，美绪的表情只放松了一会儿又立马变得僵硬起来。说时迟那时快，在对方接起电话前，她又赶忙把话筒按了回去。

"不……不行！"

她抱头蹲下，一边仰望着天花板一边呻吟，然后用半哭的脸再次凝视仰卧着的女人。

"不、不能叫警察来！"

不能叫警察，绝不能叫警察……要是警察来了就全完了——美绪这么想着，相比别人的生死，自己的方便才是第一位的。但是不向警察求助的话，到底要怎么办才好？究竟如何是好？如何是好？美绪焦躁不安地苦恼着，就像被逼着处理别人丢下的大型垃圾的家庭主妇一般。

就在此时，"咯"的一声，突然传出仿佛空气中挤出了泥块似的声音。虽然那声音极为细小，但在这只有微弱亮光的幽暗空间里，却宛若特大号气球被戳破一般，回响在每个角落。

美绪吓得跳了起来，过了好一阵子才发现，那声音竟然是倒地女人口中发出的呻吟声。一开始，当她确信女人已死时怎么也发不出来的尖叫声，现在却出奇顺利地喷涌而出。"啊啊啊……"美绪一边大声尖叫，一边像用后脚站立的青蛙般飞身后退。

还……还活着？

这女人还活着？

不是已经死了吗？

像是为了回应美绪的惊愕，女人不断发出"咯咯"的呻吟声，仿佛是要把卡在喉咙中的痰给咳出来一般。

"你……你还活着？"

那、那就不必报警了，应该叫救、救护车……虽然美绪这么想着，但身体却完全没动，这次她甚至没有拿起话筒做做样子。

"——不行，"就像生怕女人会听到一般，她小声地嘀咕道，"救护车也不能叫。"

女人依旧倒在地上，虽然还在呻吟，但完全没有要睁开眼睛的迹象。美绪依然凝视着那个女人，犹豫之情却渐渐从瞳孔中散去。取而代之的，是她双眸中闪现出的一道决然的，如任性小孩般自私的光芒。

紧急恋人

"哎？真的吗？宫下学长！我真不敢相信！"小闺——滨口美绪发疯似的大声叫道，"好不容易才放暑假，你居然要和父母一起过？"

"再怎么说我也得偶尔回家看看啊。"宫下学长有些不悦，似乎以为小闺是在嘲笑自己是个离不开父母的娇宝宝。"至少盂兰盆节和新年应该回去一趟吧。"

"那样的话，回去个两三天就够了吧。"对吧，哪有这么傻的——虽然小闺这么想着，嘴上还是没说出来。她像是在征求他人同意一般，说道："没必要整个暑假都在家过吧。"

"不不不，小闺，宫下学长才不是仅仅为了看父母才回家的。"难得一起饮酒作乐，要是气氛弄僵了就不好了——对此有些担心的岩仔——岩田雅文赶忙替两人打圆场，"宫下学长在那边肯定有女朋友啦。"

"在老家那边？那把女朋友叫来这里就好了啊！"虽然岩仔难得出面调解，但小闺依然不依不饶地缠着宫下学长不放，"还是说学长要带着女朋友一起去什么地方旅行？"

"我没有女朋友。"宫下学长交互瞪着小闺和岩仔，仿佛要他们别乱造谣，"只是每年夏天都要在那边打工。"

"所以说我还是不懂啊！打工什么的，这里也能打啊。我真搞不懂,好不容易一个人搬出来住。要是我,绝对不会回家的。"

"偶尔回去看一眼烦人的父母,才更能体会独居的好处啊!"见这是转移话题的好时机,小兔——羽迫由纪子赶忙做总结性发言。

"小闺也是明天开始就要去瑞秋家住一个多月了,这是你第一次出国旅行,又能逃离父母的监视,当然觉得很悠闲,但是当暑假结束的时候,搞不好你会觉得想家呢。"

但是,小兔这次结束话题的尝试却产生了反作用。

"哎?"小闺仿佛身边有一大群苍蝇一般,满脸厌恶地挥着双手,"才不会呢,绝不会。想家什么的,我才不会呢!如果可以的话,我想一辈子留在佛罗里达生活,再也不回日本了!"

"你还没去呢!"似乎还在生气的宫下学长讥讽道,"话别说得太绝。有可能听起来是天堂,到了才发现是地狱咧!"

"哎——宫下学长,你的意思是瑞秋家是地狱?你这样说对她和她的家人太过分了吧!"

"喂喂,我可没这么说。我只是——"

喝了酒难免会意气用事,像今晚的小闺这样情绪高亢的人,往往会在一个话题上执拗不放,总要据理力争,直到最后大家都同意自己说的才是绝对真理为止。

这么一来,本来很冷静的其他人也会被拖下水,变得跟宫下学长一样,情绪越来越高亢。结果,原本只是一个无关紧要的话题,最后也会变成惹上麻烦的种子。

今晚,我们是以给小闺饯行为名聚在一起的。她将于明日,也就是七月十六日从日本出发飞往美国,并在佛罗里达一个叫圣彼得堡的小城待到八月底。

其实这场饯行会是今天偶然在学校碰到的朋友们突然决定的。

一听说小闺的父母因为亲戚发生不幸而不在家，大家便决定以饯行会为名，今晚围着她好好喝个痛快。

小闺本人大为欢喜，我们也是极为兴奋。虽然小闺都已经大二了，但却从未参加过任何联谊。在如今这个时代，用奇特二字已不足以形容她了，能以这种方式生活到现在的，也只有活化石一般的女大学生了。

小闺的父母我并未见过，只是听说两人严格到就算称他们是上个时代的人物也不足为过的程度。别的不说，光是给小闺限定晚上六点的门限这件事就足够惊人了。

对于一般的学生而言，晚上六点正是一天的开始。这可不光是针对我这样不管是独处也好联谊也好，都要喝个痛快的人而言的，而像那些一年到头整天做实验，直到夜里还在做实验的理工科学生也是一样。还好小闺是英文系的，要是她学的是物理或者化学，不知道她的父母会如何是好——因为实验要做到天亮而直接睡在学校里的情况可绝不少见哦。

认识滨口夫妇的人一致认为：即使对学业有所妨碍，他们仍会以家训——也就是门限——为先。这么一看，用小闺这个昵称——大门不出，二门不迈的闺女——来形容美绪还是有些不够彻底啊。

正因为有如此严格的父母，所以小闺即使有什么自己想做的事，一般也不会被允许。说要打工，却被父母以无法专心学业为由禁止，说起来都令人心酸。话说回来，基本上没有在晚上六点就能准时回到家的打工者吧。

当然，她也没法交男朋友。据说，小闺的父母严令她大学毕业后不用先就业，而是先去相亲，就连相亲的人选都已经定好了。这些光是听着就已经让人喘不过气来了。

这次美国之行，应该是小闺有生以来第一次从父母那儿夺得的"胜利"。据她所说，她从去年的春天就开始计划，花了一年多时间才说服父母。

而这次成功的关键，便是留学生瑞秋·华莱士的存在。瑞秋是个二十五岁的美国女性，为了学习日本文学而来到我们就读的国立安槻大学进行短期留学，直到今年春天才回国。

小闺的伟大计划便是先从彻底笼络瑞秋开始的。接着，她数次带瑞秋回家，介绍给父母认识，等到双方熟了之后再进入正题。换句话说，她是这样说服父母的：虽然是海外旅行，但也并非整天无所事事地观光、购物，而是借住在瑞秋家学习英语，过俭朴而充实的生活。

一开始坚决反对的父母，不知道是因为被瑞秋的人格给迷住了，还是因为实在拗不过女儿的不屈不挠，过完年之后，他们的态度突然来了个一百八十度大转变，开始表现出积极支持女儿出国的样子。

不过，滨口夫妇可不是浪得虚名，不会简单允许独生女儿远赴美国。去美国之前，要是捅出任何娄子都要撤销许可；到了圣彼得堡之后，必须每天用航空邮件寄信回家……诸如此类的条件，他们一条一条地写好了交给美绪。

总之，可以在名字前加上上百个超字的小闺，有生以来第一次从父母的监视和束缚中解放出来，获得自由。虽然只有短短一个暑假的时间，但想必是极为高兴的。所以她即使今晚不喝酒，情绪也依然会高涨吧。

据我观察，小闺对于被父母过度束缚的自己抱有一种奇妙的自卑感，而这和她对那些离开父母独自生活的学生所怀有的嫉妒——或者说是某种类似敌意的态度——是一体的。当然，平常与我们相处时，她一直扮演着可人女孩的形象，从不会表现出深层的心理。但明天就要出发去美国，而今晚父母又意外地不在家，再加上酒精的作用，种种因素加在一起，她那扭曲的自我主张便喷薄而出，一发不可收拾。

一开始，小闺只是说到自己将和瑞秋在佛罗里达度过暑假，问其他人暑假要怎么过，有什么打算之类的。这本来是个再平常不过的话题，包括我在内的大多数人，都回答说除了打工以外没什么特别的计划。

但是只有一个人说他后天要回老家，一直待到九月初。那便是宫下学长。

小闺闻言后便开始大声喊着："哎？骗人的吧？真不敢相信！"

的确，对于她来说，一个人生活这种事简直比做梦还不现实。而宫下学长在没被强迫的情况下，自己主动要回到父母身边度过漫长的暑假，这简直是"让人难以置信"的行为。岂止如此，在她看来，这就和有钱人闲得无聊故意装成流浪汉来戏弄别人一样，对她来说简直是一种侮辱性的，不可原谅的行为。

当然，对于宫下学长而言，不过是回家过个暑假而已，为何被批得一无是处。起初他还试着轻轻带过这个话题，但没想到小闺实在是太难缠了，让他逐渐动了怒。

他说那句话，原本只是想表示，旅行如果不是实际到了当地，是无法了解真实情况的，却被小闺抓住小辫，说他是诽谤瑞秋的家人，这让宫下学长大为光火，甚至抡起拳头就要怒吼。就在此时——

一阵烟雾在绝妙的时机吹向宫下学长的脸，他忍不住咳嗽起来，皱着眉头将已到达牙齿内侧的怒吼又给吞了下去。

"你们饿不饿？"

高千——高濑千帆手里夹着细长的香烟，不知是何时点的火。

如同悬疑片中主角面临危机时所响起的惊悚配乐一般，她的脸上浮现出一种山雨欲来风满楼的可怕笑容。这次，她又朝小闺的脸上缓缓吐出白烟。

"滨口，你呢？"高千对被烟呛得直咳嗽的小闺投以蛊惑式的微笑，"有什么想吃的东西吗？别客气，今晚可是为你而开的庆祝会。"

"嗯……嗯……呜……"

接过高千递来的菜单，小闺整个人变得畏缩起来。虽然高千并未出言责备她，但那可怕的笑容里蕴含着的隐藏信息她已完全读懂：喝酒就喝酒，别像小孩子一样闹脾气！

"来，宫下学长，请用。"

高千无视众人惊讶的目光，若无其事地将不知何时新调制的酒水递给宫下学长。

"谢谢……"

宫下学长的头脑似乎已经完全清醒过来，只见他战战兢兢地抬起双眼，乖乖地等高千拿出搅拌棒之后，才接过杯子。

这也难怪，大家都知道，平时像木雕人偶一般毫无表情的高千只有在内心焦躁时才会这样刻意地露出笑容。

我无心嘲笑宫下学长的狼狈之态，因为我也很害怕。

"啊，真爽，真爽快！"

一阵铜锣般的声音干脆地——不，不如说是毫不留情地打破了这如幕布降下般尴尬的沉默气氛。

是漂撇学长——边见祐辅。

他一边摸着因为懒得刮而肆意生长的胡子，一边拉着裤子拉链——他刚从厕所回来。

"嗯？怎么了？大家怎么了？怎么一脸不高兴的样子？你们都好好喝酒了吗？"

"气氛很热闹啦。"带着冷笑，虚情假意般回答他的，正是高千。她用那犹如钢琴家一般修长的手指，将烟盒与打火机推到漂撇学长的面前。

"我拿了你一根烟哦，小漂。"

"哦，别客气。随便拿，随便吸，不用一一向我汇报。高千总是这么见外，唔，真是的，小心会变斗鸡眼哦。"

漂撇学长一边说着无聊的笑话，一边自顾自地哈哈大笑。年纪比他小很多的高千喊他小漂，说话语气也像是对着同辈——甚至是晚辈——似的，他却一点也不介意。他原本就是不拘小节的性格，再加上又非常欣赏高千，所以只要平时沉默寡言的高千肯开口说话，他就已经高兴得眼角下垂了。

漂撇学长——别人可能会觉得这是一个非常奇怪的外号。他总是缠着学弟学妹让他们叫他漂鸟，然后一个人自得其乐，他的外号正是来自于这个烦人的癖好。

说是学弟学妹，其实安槻大学的校园里，根本没有人可以当他的"学长学姐"。据说，连那些早就工作结婚甚至已经生了孩子的毕业生里，也有他的"学弟学妹"存在。虽然这话是带点夸张成分，但他倒是真的已经休学和留级好几次了。现在的他已经完全变成安槻大学的"地头蛇"了。

要说他为什么总是留级和休学，那是因为他喜欢去东南亚一带流浪。当然这只是他本人的一面之词，从没有人跟他一起去过，所以到底是真是假也不得而知。他有个让人厌烦的坏毛病：偶尔他会以募集旅行费用为名，向学弟学妹们借钱然后不还。与其说他是个极为随意的人,不如说得更明白点:一个性格马虎的浑小子。

因为他开口闭口就说自己是旅人,还总是让人叫他漂鸟,实在是啰唆得让人受不了了,所以学弟学妹们便把他的本名,也就是边见二字和漂鸟二字结合,戏称他叫"漂边见鸟"。然后又把这名字给缩短,就成了"漂撇"。

当然,他也不是只有缺点。虽然会借钱不还,但反过来自己借给别人的钱他也常常就那样忘记了,因此他倒是不招人恨。他还很会照顾人,因此颇有人望。突然提出今晚要为小围开饯行会,并且把有空的人逐一聚集在一起的也是他。

当然,他十分好酒,一有什么事就喜欢凑热闹。只要动了今晚想喝酒的念头,不管对方是不是熟人,他都会毫不介意地叫去喝一杯。他这种性格说好听一点是自来熟,其实就是厚颜无耻。他似乎深信周围的学弟学妹,特别是学妹们都非常喜欢自己。

虽然从刚才开始我一直忙不迭地对漂撇学长又褒又贬,但说真的,漂撇学长这种乐天又厚脸皮的性格也不全是坏处。若不是因为他,恐怕有些人我直到毕业都不会认识吧,更别说成为熟人甚至是朋友了。

事实上,今晚聚在这里的人就是如此。三年级的宫下学长另当别论,小围、岩仔、小兔还有高千四人都是和我一样的二年级学生。但若不是因为漂撇学长这个"黏合剂",我想我是绝对没机会认识他们的。

尤其是高千。

"啊?"在小兔身边坐下,兴冲冲点燃香烟的漂撇学长,突然像是被烟熏到眼睛一样,皱起眉头,歪着脑袋问道,"高千,你是什么时候开始抽烟的?"

对啊,这么一说,至今为止我也从没见过高千嘴里叼着烟。也就是说——

"谁知道呢。"高千脸上那种山雨欲来风满楼的可怕笑容已经消散,再次面无表情。她毫不客气地将刚刚点燃的香烟摁灭在烟灰缸里,说道:"一定是开始想装大人的年纪吧。"

"哦,好耶!"众人正为平安无事地躲过这有些险恶的气氛而暗地里松了一口气,没想到漂撒学长仍是浑然不觉,自顾自地在那儿兴奋。"我们这些人里最成熟的高千居然说出这么可爱的话,总觉得……深受感动啊!"

说高千是我们当中最成熟的,应该错不了。刚才小闺和宫下学长之间那种一触即发的状态,她巧妙地用一个小道具——平时根本不抽的香烟——便轻轻松松地让两人偃旗息鼓,手段就像是个混迹多年的女招待。不光如此,就连外表,高千也散发出一种让人觉得不是"新手"的独特气质。

先说她的身高,足足有一米七吧,搞不好将近一米八,总之比小个子的我要高上整整一头。还有她的手脚很细长,说得难听一点儿,就像四肢张开的蜘蛛一样。

有人说她的体形就像超级名模,这话相当贴切。实际上,她的穿衣品位也有点奇怪,常穿着无论怎么看都像破布一样的——也就是时装秀上才能看到的——奇装异服,淡定地在校园里昂首阔步。

再加上她的脸轮廓分明,很有西方人的感觉,所以显得格外引人注目。从入学那天起,高千便在街头巷尾被叫作"那个像模特一样的女孩",成了名人。不仅是学生,就算是教职员工,也没有不知道她的。

当然,我在认识她之前就听说过有关她的传闻,因此我以为她是个很难接近的人。抱有这种看法的不止我一个,在她身上常常围绕着过激的评价。比如说把追求她的人打得半身不遂，还有人说她其实是个只喜欢外国人的重度蕾丝边。大家一面觉得这些传言是不是有些过头了，一面又很奇妙地无法完全否定它们。就这样，高濑千帆这种异于常人的形象，就在和本人毫无关系之处被不断地制造出来，并且愈发壮大。

或许是因为这种形象的缘故，高千总是独来独往。虽说如此，她的身上却完全没有阴郁的感觉，在我看来倒不如说她是在享受这种孤独一般——直到漂撇学长开始调戏她为止。

"好可爱，好像让人一把抱住！既然想装大人，不如今晚就行动？怎么样，高千？要不要和我发展成大人之间的关系？嗯？怎么样？"

虽然大千世界啥人都有，但胆敢在众目睽睽之下对高千说出如此大胆对白的，恐怕只有漂撇学长一个了。说归说，但他敢对高千如此"不敬"，绝不是因为高千对他抱有好感。

说白了，不管是遭到女孩子的破口大骂，还是被女孩子殴打甚至是被用高跟鞋踩在地上，漂撇学长都绝不会气馁——仅此而已。凭借着钢丝一般粗的神经和长了硬毛的心脏，学长见到女孩子不是打招呼，而是直接甜言蜜语。不管对方是高千还是谁都没关系，不管是被一笑而过，还是被肘击，甚至是被当作变态，他也绝不会记恨或者发牢骚，而是不屈不挠。当然，将爱称"漂撇学长"缩短为"小漂"，还有用对待晚辈的口气跟他说话这种小事，对他来说连屁都不是。

因为受不了这样的漂撇学长，所以就连高千也没办法，只能做做样子应付他——这才是真实情况。学校里的人似乎也都明白这一点，所以即使看到他俩并肩走在一起，也绝不会用"情侣"这样的有色字眼去形容他们，顶多会觉得他们是一对搭档——对口相声二人组。

"真是的，泡妞也要晚点再泡嘛！"既然漂撇学长这个可以调节气氛的人回来了，那么即使发生过一些不愉快的事也没关系了——看上去安心下来的小兔发出咯咯的笑声，"刚才我们在讨论要点什么菜，学长有什么想吃的吗？"

"什么？吃的？那还是问今晚的主角吧，小闺，你有什么想吃的吗？"

"哎？我不知道……"

因为被高千委婉地斥责而消沉下去的小闺也终于重新振作起来，对宫下学长从容地露出了礼节性的微笑。

宫下学长似乎也在反省自己孩子气的行为，回了个腼腆的笑容。见状，小兔和岩仔也露出了放下心来的表情。当然，我比他俩更加松了口气。

再没什么比在酒桌上起争执更让人讨厌的事了。真的。

"这家店有什么招牌菜吗？"

"哎？这里啊。嗯……这里的话，喂，匠仔！"漂撇学长从小闺转向我，"这个店是你推荐的吧。有什么招牌菜吗？"

最后，让我做个迟来的自我介绍。

我的名字叫匠千晓，人称"匠仔"。

"这家店有没有那种菜单上没有的特别的菜或者可以引起话题的那种料理？"

"嗯……也不是没有。"

"好，那点菜就交给你啦，可要好好点哦。"

"是、是。"我从容地走出包厢，前往柜台。

就像大家都觉得高千总是和漂撇学长形影不离一样，他们也觉得我总是和漂撇学长一起喝酒。当然,这倒是事实。或者说,我和漂撇学长之间的交集,也就只有"酒"了。

前面说过,漂撇学长没事就喜欢找人喝酒。但是世间之人并不是都像他那么闲,所以有时候会叫不到人。这个时候,对他来说剩下的"保险"就没有别人,只剩下我了。关键是因为,我是一个如果有人叫喝酒就绝对不会拒绝的男人,所以极受漂撇学长的看重,也因此才能加入漂撇学长的"朋友圈"。

我让熟识的店员拿些有意思的东西出来,然后就回到了包厢里,这时气氛已经完全平和下来,很难想象大家刚刚还差点儿大声吵起来。

我深深地感到漂撇学长那种得意忘形的性格的伟大之处,再加上坐在那儿的高千也起到了抑制作用,所以气氛才能平和下来。正因为两人的相互制衡,大家才能在适度的范围内情绪高涨。从这个意义上来说,这两人真是一对好搭档。

"——啊,糟了!我要回家了。"

小围说这话时,离晚上十一点就剩十五分钟了。

"哎?你在说什么呢?还早呢,还早。"当然,漂撇学长想阻止她回家,"现在才开始庆祝呢,现在!"

"不行,真的不行啦。我明天得早起。"

"早起?几点?"小兔一喝醉,一双滴溜溜的大眼睛就像她的爱称一样,会被染得和兔子一样红,而且看起来闪烁着明亮的光辉。"你当然是坐飞机去吧?"

"嗯,早上第一班。"

"你要在东京……"岩仔那原本就显得茫然的脸,在被酒精染红后更是失去了焦点,"住一晚吗?"

"不，我会直接去成田机场。"小闺好像喝得相当醉了，特意兴高采烈地反复说着大家早已知道的行程，"然后坐上去洛杉矶的飞机，接着在洛杉矶换乘去坦帕机场的飞机，到了坦帕之后，瑞秋会开车来接我。"

"你一个人去东京？"平时几乎不怎么脸红的宫下学长，今天可能确实是喝多了，连眼角都被染成了红色，而且表情有些微妙地变得松松垮垮，简直浪费了他那高鼻梁的俊脸和媲美歌舞伎演员的仪表。"没人送你吗？"

"本来我爸要送我的，一直送到成田。"小闺哈哈大笑，笑声中充满了解放感，"他说要送我一程，我以为是送到机场，谁知道他说要一直送到成田！我才不要呢！但是你们知道我爸妈的性格，说了他们也不会听。唉，该怎么办呢，让老爸一起同行实在是太丢人了！当时的我都已经做好思想准备了。但是太好了——虽然这样说不太好——我真的很感谢正好在这个节骨眼上死掉的亲戚。"

"那么，今天就到此为止——"

"我还没喝够呢。"漂撇学长使劲地摇着头，打断了正要宣布散场的小兔，"去下一家吧。"

"可是主角都不在了哦。"似乎是担心漂撇学长会硬拉着小闺去下一家店，高千立马出言阻止，"别喝了，明明就没钱了。"

"没关系，总会有办法的。"

"话说在前头，我可不会借钱给你哦。"

"没关系，我们到不花钱的地方去喝。"

"有那种地方吗？"

"有啊，我家就是啊。去我家继续喝吧。"

"不行。"高千用尖锐的眼神望着漂撇学长，"小闺可是快要跨越太平洋的人，必须保证充足的睡眠时间才行。"

"知道了，知道了，那就让小闺先回去，我们接着喝吧。"

在居酒屋大声喧哗的我们，目送小闺消失在灯火通明的夜色下的人山人海之中。好，让我们为庆祝小闺的远行，大喊三声万岁，来，大家一起喊——漂撇学长坚持要这样做，而阻止他便是我和岩仔的工作。

"没问题吧？"岩仔莫名地用不舍的眼神目送着小闺，"派个人送她回去会不会好点儿？看她喝得够多的。"

"应该没事吧。"小兔打了个大大的呵欠，然后耸了耸肩，"虽然刚才还穿错了我的鞋子，不过应该没事，这里离大路很近。她也说了坐出租车的话很快就能到家。"

"好，那接下来大家都到我家集合吧。"

虽然漂撇学长喊得很大声，但是并非事事都能尽如他意。首先是宫下学长以昨夜睡眠不足为由，先行回家了。

此时的漂撇学长还算冷静，大概是觉得少了个男人没什么大不了的。但是，当高千和小兔都说要回去的时候，他一下就慌了。

"喂喂，怎么能这样？两个人一起走是犯规行为，至少留一个吧。难道让我们几个大男人一起闷着头喝酒吗？"

"你到底期待我们做什么？"高千撩起微卷的头发，耸了耸肩，冷冰冰地说，"像夜总会的女招待一样为你服务？"

即使身处鱼龙混杂的繁华街道，高千那高挑的身材依然格外醒目。偶尔会有醉汉带着感叹声一边观察一边靠近她，然而一被高千用带着金属质感的尖锐目光盯住，他们就会发出怪声，落荒而逃。大概是误以为高千是干那行的女人吧。高千的美貌与其说是妖艳动人，倒不如说是蕴含魄力，这一点似乎是大家公认的。

"确实有过这种期待啦。"漂撇学长真老实。"啊，不对，我期待的并不是那种下贱的东西。我期待的是，嗯，也就是……华丽的气氛。"

"有你一个人就够华丽的啦，小漂。"

"高千，别说这种超现实的风凉话嘛。就是因为我们之间的交流总是不够彻底，所以才会到现在都迟迟无法发展到成人之间的关系。"

"无所谓啊，反正我身边还有小兔。"

"呜哇——好可怕。"虽然嘴上这么说着，但小兔一边扭着身体，一边高兴地勾住高千的手腕，"嘻嘻。"

"那就这样啦，大家晚安。"

目送着像恋人一般相互勾着手腕消失于人群中的高千和小兔，漂撇学长仰望夜空。

"真是可悲啊，多么可悲啊。这样两个美女竟然要互相安慰，我该说暴殄天物？毫无意义？还是说让我也插一脚？唉，算了。"该死心的时候就死心，这是漂撇学长的长处。不，其实他并不死心，只是情绪转换得很快而已。"我们也走吧。"

就这样，真正前往漂撇学长家的，就只有从不拒绝喝酒邀请的我和没来得及逃跑的岩仔了。我们三个大男人，为了节省打车费，一边聊着别人听见会闷死的无聊话题，一边走了大约三十分钟的路。

漂撇学长住在大学附近的一栋独立建筑中。因为是木头做的旧屋子，所以房租便宜到令人不敢相信。尽管如此，这栋建筑却有两层，房间数量更是多到一个人住会遭天谴的地步。据我观察，漂撇学长应该是想把家里变成学生们的集会场所，才会特意租下这种家庭用的房子来住。

"喂……学长。"

岩仔一脸严肃的表情，叫住正在为接下来继续喝酒而兴致勃勃准备冰块的漂撒学长。

"嗯？什么事？"

"我能问你个事吗？"

"能啊，随便问。"

"高濑，真的是那个吗？"

"那个？是什么？"

"就是那个啊，就是，对男人没有兴趣那种，怎么说呢，就是那个啊。"

"啊，你是说蕾丝边？谁知道呢。"他一边耸耸肩，一边给自己和岩仔调了杯酒，然后迅速递给我纯酒和淡味饮料。别看他这副德行，其实也是个手脚麻利的人。"不过确实有这种传言。"

"那她到底是不是啊。"

"我也不知道啊，她自己的性取向我怎么会知道。匠仔，你知道吗？高千是不是蕾丝边？"

"学长你都不知道，我怎么可能会知道。不过，高千自己也的确没否认过那个传言。"

"实际上，她比那些肤浅的男人更受女孩子欢迎。"

"好羡慕啊，真心的。"

"那、那她真的是蕾丝边喽？"

"喂，慢着，慢着。岩仔啊，不是说了吗？"漂撒学长用手拭去嘴角流下的酒水，"真实情况到底是什么，我们都不知道。"

"那学长你就不在意吗？"

"在意？在意什么？"

"高濑的性取向啊。"

"这是她自己的隐私，我就是在意也没用啊。"

"好、好过分！"岩仔不知道在想什么，突然一下倒在榻榻米上大哭起来，"也不用把我当傻瓜当得这么明显吧。"

"啊……啊？"漂撇学长一脸茫然地和我对视了一眼，搔了搔脑袋，结结巴巴地说，"什么？岩仔，你在说什么啊？"

"呜，就是这样，把我当傻瓜，每次都排挤我。"

"没人把你当傻瓜啊，也没人排挤你啊。"

"可、可是，可是可是……"岩仔那张本来就因喝醉而变红的圆脸，现在涨得更红了，简直就像要裂开一般。他一边吸着鼻子，一边说道："你们俩明明什么都知道，却装作毫不知情的样子戏弄我，排挤我。过分，太过分了！"

"好、好啦，喂，岩仔，你先冷静一下。"

"我、我从以前开始就是这样，只有我融入不了群体。在上托儿所和幼儿园的时候，班上的小孩都开开心心地在一起玩，不知道为什么只有我被排除在外。"

"那、那个……"

漂撇学长似乎想开口说点儿什么，但又放弃了，摇摇头，把话给吞了回去。他对我投以无可奈何的眼神，然后叹了口气。

看来岩仔已经喝得相当醉了，不知道是什么成了导火索，让他儿时心酸的回忆喷涌而出，一发不可收拾（而他似乎是那种醉酒便开始哭泣的人）。

"后来、后来，我一心想加入他们。结果、结果，我一去，不管是男孩子还是女孩子都立马停止玩耍，然后一声不响地用一种带着奇怪含义的眼神看着我。喂，你们懂吗？懂吗？学长，你能理解这种充满疏离感的寂寞吗？"

"嗯，嗯……有点儿理解。"学长似乎正在苦苦思索要如何回答才能平复他的心情，"我理解，我理解，嗯，你当时一定很难过吧。"

"然后大家就说不玩了，去别的地方吧——还是没带我。就这样，大家总是，总是，把我一个人排除在外。呜哇哇——"

"不，不是的，岩仔老弟。你，那个，嗯，那个，嗯……"

"我知道。"

弯着腰，不顾一切放声大哭的岩仔，突然伸直了腰杆，恢复了正经的表情喝起酒来。他用冷静的语气抢先说出了似乎是漂撇学长想说的话：

"我也知道的。这样想或许是我以小人之心度君子之腹了，说是被害妄想也好，想太多也罢。或许大家根本就没想过要排挤我，只不过因为那时大家都已经玩腻了，所以只是我加入的时机太差而已。"

"嗯，就是，就是这样。根本没人想要排挤……"

"但是呢，我有时候没法这样理性地思考。"就在漂撇学长要松一口气的时候，岩仔却又开始抽抽搭搭地流眼泪了。"不应该说有时候，应该说我经常没法理性思考。中学也是，大学也是，不知道为什么，我总觉得大家都把我当傻瓜，瞒着我偷偷地分享秘密，在背地里嘲笑一无所知的我。"

"不过，你，那个——"

"班上的同学们经常聚集在校规禁止去的咖啡店里聊天，我有点喜欢的那个可爱女生也在其中。这种情况你懂吗？"

"嗯，然后呢？"

"我也想加入他们，但是因为会违反校规，所以一直鼓不起勇气。而在店里的那些家伙就透过玻璃嘲笑没种的我……我有这种感觉。"

"喂喂喂。"

"后来,我鼓起勇气走进咖啡店。可是我一进去,发现大家都已经不在了,而身穿制服、独自茫然无措的我还被老师看见了,挨了一番教训——就在这时我睁开了双眼,发现全身已经被汗湿了。"

"啊,什么?原来是做梦啊。"

"但是现实中也有类似的事情……唉,现在回想起来,我真是个阴郁的家伙。"

"这就是少年维特的烦恼……不是,是少年维特的烦恼啊!"绝不忘记加几句冷笑话,这是漂撇学长的本性。"嗯,懂了,懂了,然后呢?"

"所以说啊,所以说上了大学以后我好高兴,因为漂撇学长还有大家都能表里如一地接受我,我真的好高兴。我再也不用担心,再也不用害怕被排除在外了。"

"当然啊。喂,岩仔啊,你真的一直在担心和害怕这种事?"

"直到今天我都没担心过。可是学长和匠仔都不告诉我高濑的事,而是两个人偷偷地分享秘密,排挤毫不知情的我,把我当傻瓜。呜哇哇。"

"啊,真是的。真是伤脑筋的家伙。"知道了岩仔突然放声大哭的原因之后,漂撇学长似乎松了口气,然后一边苦笑着一边叼了根烟。"真是的,到底要我们怎么说你才能明白?我和匠仔是真的不知道不知道高千的性取向,对吧?"

"我不相信,学长你不是喜欢高濑吗?"

"是啊,是喜欢。尤其是她的胸部。"

"既然如此,你应该会在意她到底是蕾丝边还是黑德罗吧。"

"什么?那个'黑德罗'是什么?"

"就是异性恋的意思。"我转向一脸不解的漂撇学长,这样说道,"同性恋的反义词。"

"原来如此。不过,岩仔啊,那毕竟……"

"还是会在意的吧?"

"怎么说好呢?就是……"

电话铃突然响起,盖住了漂撇学长的声音。我下意识地看了一眼手表,现在大概是午夜零点二十分左右。

"喂?"漂撇学长一拿起话筒,不快的表情一扫而光,突然变得满脸喜色,"啊,小闺啊,怎么啦?这么晚打来,果然还是一个人太寂寞睡不着吧。要不要来这儿?一起喝——啊?"

不知道小闺说了什么,学长的黑眼珠瞪得跟围棋一样大,转头看向我们。

"岩仔?啊,他在这里。嗯,等等。"

学长说了句"拿去",把话筒递给了岩仔,岩仔依然一副松松垮垮的表情,张大了嘴,嘴角还挂着口水。

"我……找我的?"

"找你的。"

"可、可是……是小闺打来的?"

"是啊,总之你快接啦,她好像很急的样子。"

"呃,嗯……喂,是我——哎?"

不知道小闺说了什么,岩仔突然降低了音量,似乎生怕被漂撇学长和我听见,还弯起身子背对着我们。

岩仔就这样在莫名的有点压迫感的氛围中用很低的音量叽叽咕咕,窃窃私语了一阵,不一会儿,只听见他用呻吟似的声音嘀咕了一句"知、知道了",然后才放下话筒。

"怎么了?发生什么了吗?"

"对、对不起,学长。"面对因好奇心爆棚而探出身子的学长,岩仔突然用几乎要压扁胃袋的力道猛地跪下,"今晚,我就先告辞了。"

"哎?不,没关系啦,可是,喂,小闺到底怎么了?"

岩仔没有回答,只是一味说着"对不起""告辞了",便着急地站起了身,像雪球滚下斜面一般慌慌张张地离开了学长的家。

"怎、怎么了,那家伙?"

"小闺到底说了什么?"

"没什么特别的。"学长把没点燃的香烟贴在下唇上,来回摇动,一面歪着脑袋,一面摸着胡子,"只是说如果岩仔在的话让他来接,就这些。可是感觉她很着急的样子。"

"真奇怪啊。"

"简直太奇怪了,还有,那家伙……"

"什么?"

"那家伙刚刚出去的时候,是不是在偷笑啊?"

"岩仔?不知道啊。不过你这么一说,好像确实是啊。"

"难道……"

"难道什么?"

"那两人在偷偷幽会?"

"岩仔和小闺?"

"这组合是不是太富有意外性了?"

"天知道。不过,虽然不知道他们说了什么,但在旁边听着感觉不像是那种羞羞的事情……"

"说得也是。不过到底说了什么呢,真搞不懂。"

情绪转换一向很快的漂撇学长耸了耸肩,喝干了酒就没再多问了。

总之，这样一来，剩下的人就只有漂撇学长和我了。酒是我俩之间唯一的交集，所以也没有什么其他的共同话题了，我们就和平时两人喝酒时一样，自然而然地玩起了游戏。

当然，说是游戏，但既然是漂撇学长和我感兴趣的，自然不会是扑克牌或者黑白棋。我们有时会玩一种叫"四毛钱"的游戏——在杯子中注满酒，然后试着将硬币弹到酒里，成功弹进去的人有权让对方一口气喝掉这杯啤酒；或者玩"散弹枪"——用开罐器在罐装啤酒的底部开一个洞，然后一口气喝完，看谁用的时间短。总之，都是些跟酒有关的游戏。

玩着玩着，我们觉得惩罚只是喝酒未免太无聊，便开始互灌混了威士忌的爆弹酒，也就是俗称的"锅炉机"，疯狂至极。这在漂撇学长和我的聚会上是经常发生的。

今晚的漂撇学长似乎相当走运，短短半个多小时，便如怒涛汹涌般灌了我大量的啤酒和爆弹酒。第二通电话打来的时候，我正抱住马桶狂吐白沫。

"喂？啊？岩仔啊？怎么了，哎，什么？"

漂撇学长的声音被我逆流的胃液声给盖住了，所以后面说了什么我完全没听到。我吐了好长时间——长到自己的身体都快化为马桶的一部分，然后才到厨房去漱口。

"……岩仔说了什么？"

"这个嘛。"漂撇学长终于点燃了那根一直叼在嘴里的香烟，缓缓地吞云吐雾。只见他一副无精打采的样子，歪着脑袋，似乎被烟熏到了，眯起了眼睛。"……我也不知道。"

"啊？"

"我也不知道是什么事，他说让我把车带过去。"

"车？"我忘了擦嘴，满脸惊愕地说道，"车？是说那种车吗？汽车的意思？"

"是啊，就是那种车子啊。"

"带过去？带到哪里去？"

"他说带到小闺家去。"

"到底什么情况？"或许是因为刚刚狂吐过，脑袋里就像咕噜咕噜煮着的味噌汤，眼球里面被酸味所麻痹，根本无法好好思考。"真搞不懂。"

"所以我一开始就说了我也不知道啊。"

"但是，他说带过去，该不会是想让你开过去吧？"

"不然还有别的方法带过去吗？难道你要扛过去？"

"可是，学长……"不是我自夸，别说汽车，我连驾照都没有。"真的没事吗？"

"怎么可能没事，我和你喝得一样多啊。"

"说得也是，那你准备怎么办？"

"这个嘛……"漂撇学长用空啤酒罐代替了烟灰缸，弹落了烟灰，站起身来，"只能祈祷别碰上临检了。"

"你是认真的吗？"

"岩仔都哭着求我了，没办法啊。"

"是吗？"喜欢照顾人，常常被人依赖的人也不容易啊。

"那，你多保重啊。"

"说什么呢，你也要来啊。"

"哎？为、为什么？"

"因为岩仔说了要带匠仔一起来啊。"

"不、不要啊！我还不想死！"

"好啦,来吧。"

"不!"

"你要相信我的技术。"

"才不要呢,求您修好积德饶了我吧。"

"你这人还真是麻烦,快来。"

"不、不要啊,怎么这样?简直蛮不讲理!"

我就这样被强行拖了出去。然而漂撇学长却看都没看一眼自己停在停车场的车,而是朝农田边的夜路走去。

"哎?不对啊,学长,不是说开车过去吗?"

"我的车开不了,没油了。"

"没油了?"

"本来今天要加的,结果钱都用在这次饯行会上了。"

"那你准备怎么办?"

"那还用说。"学长很干脆地给出了一个乱来的答案,"当然是开岩仔的车啊,本来就是那家伙要用车啊,开那家伙的车去不是更加贴心,更加合理吗?"

"可是,要怎么开啊。"

"这个嘛,你跟我来就是了。"

看到学长接下来的举动,我简直目瞪口呆。

在到达几分钟路程之外的岩仔家后,他一脸理所当然的表情拿起藏在信箱里的备用钥匙,走进空无一人的屋里。我正在想他到底要干什么,可没过几分钟他就回来了——手里还拿着类似钥匙的东西。

"那、那是什么?"

"备用钥匙啊。"漂撇学长像是在挑选沙拉调料一般,用轻松的语气说道,"岩仔车子的。"

"学、学长!"

"别发出这么奇怪的声音,都这个点了。喂,别误会啊匠仔,我也不是经常干这种事的。"

"但、但是,屋子的钥匙就算了,你怎么连车子的备用钥匙在哪儿都知道?"

"作为一个学长,哪能不了解跟学弟学妹们有关的各种情报?以防万一嘛——实际上,现在这个'万一'的时刻确实到来了,不是吗?"

"那、那个,岩仔知道这事吗?"

"天晓得。"

漂撒学长没有干脆的肯定,而是装糊涂,这只能说明岩仔本人根本不知道吧。

"学长,该不会,我的东西——比如说存折和印章——放在哪儿,你都一清二楚吧?"

"别说傻话啦,匠仔。你根本没有存款,你赚的钱立马就被你喝光啦。"

"话是这么说……"

"要说印章你也只有市面上那种便宜货吧。"

"啊,你、你果然都知道!"

"总之你不用担心啦。"

"我当然担心啦。"

"学弟学妹们的东西就是我的东西",有这种理论吗?当然,对于漂撒学长来说,"我的东西也是学弟学妹的东西",这样双方取得了平衡,也算是一种补偿。可就算如此,这样说来,这人根本是原始共产制度的化身啊!

前往岩仔家附近的包月停车场时，我觉得自己就像个小偷。一看到民宅的灯火，我就莫名地产生了一种要被责骂的感觉，全身发软。

但是，现在的我还不知道，我们的命运即将卷入比小偷这种程度严重得多的"坏事"当中。

不惑恋人

　　岩仔的车是蓝色的轿车，虽然这确实是一辆新车——应该是今年四月刚买的——但有可能会提前报废。为什么这么说呢？因为开车的漂撇学长虽然还没到烂醉如泥的地步，但离口齿不清也不远了。

　　当然，说这话有点对不起岩仔，不过要是只有车子报废就谢天谢地了。运气差点儿的话，我可是要升天的啊。

　　"喂，匠仔。"

　　坐在副驾席上的我，此时的心情就像是被浸入浴缸的小猫一样，但漂撇学长完全无视我的恐惧，用轻佻的声音大声喊着我的名字。我想他确实是醉得相当厉害，当然，我自己也醉得不轻。

　　"怎、怎么了？"

　　"我们先绕个道。"

　　"绕道？去哪儿？"

　　"宫下家。"

　　"啊？"

　　"我要把宫下也一起带过去。岩仔好像在电话里说了需要人手，不知道他到底想干什么。反正今晚一起喝了酒，也算是有交情了，所以还是把宫下那家伙也一起带上吧。"

　　"别说傻话了，而且还说得这么轻松。第一，宫下学长肯定已经睡了，他比平常喝得多得多，而且他不是还说，他昨晚没睡很难受吗？"

"别在意，别在意。"

"我是不在意，可是宫下学长会在意啊，而且是很在意。"

宫下学长住的公寓有五层楼，是比较新的厅厨一体式公寓。漂撒学长把车停在公寓前，没有熄火，然后一脸理所当然的表情让我去叫人。

把好不容易能好好睡上一觉的宫下学长给叫醒，我对自己被强行施加这种任务大为不满，但我也知道抗议是没有用的。没办法，我横瞥了一眼写着"安槻住宅"的看板，走上楼梯。

来到三〇五室的门口，我开始犹豫接下来是应该按门铃还是直接敲门来叫醒他比较妥当。就在我为这种无关紧要的事伤脑筋的时候，突然我发现，门的把手上挂着一个像标签一样的东西。

我在昏暗中凝视着那个标签，那上面用万能笔写着"停气中"，边上还印着本地知名的燃气公司的联系电话。

我重新看了看写着"305"的门牌，应该就在那下面的写有"宫下"的名牌也消失了。

我隔着窗户上的铁栏杆窥探房间里面。虽然因为光线昏暗看不太清，但我还是立马发现房间里没挂窗帘。过了一会儿，我的眼睛稍微适应了昏暗的光线，便看到没铺地毯的光秃秃的地板上没有任何障碍物，冷冷地向阳台边延伸着。房间里没有一点儿活人的气息。上个月或者上上个月和漂撒学长他们一起来玩时，我们各自坐在地板上或者床上彻夜长谈，想起当时那热闹的场景，与眼前的景象形成强烈的落差，甚至让我产生了一种进了鬼屋似的压迫感。

"哎？喂喂。"见我独自返回，漂撒学长哼了一声，"宫下呢？怎么没来？"

"那个……"

"什么？"

"这里是'安槻住宅'没错吧？"

"是啊，怎么了？"

"宫下学长的房间是三〇五室吧？"

"是啊，到底怎么了？"

"空、空了。"

"啊？"

"就是说房间是空的，三〇五室是空的。"

"宫下不在吗？"

"不，已经不是在不在的问题了。那个，就是说，那个房间里什么都没有，家具也好，其他东西也好，什么都没有，简直就像……"

突然，几个小时前才刚刚见过的宫下学长的相貌如烟一般消逝——这种幻觉向我袭来。

"那个，就像、就像宫下学长这个人，从一开始就不存在于这个世界一样……"

"喂喂，匠仔。"漂撇学长一巴掌拍在已然呆住的我的额头上，"你在说什么梦话呢？看来你真是醉得不轻啊。"

"我确实醉得不轻，但是……"

漂撇学长见我不顶用，一边嘀咕着"真是没办法啊"，一边从驾驶座走下来，斜视了一眼正歪着头的我，径直走向三楼。

但是这次换成漂撇学长歪着头返回车子旁了，他那窝囊的表情就好像活见鬼一样。我想我从刚刚开始一定也和他一样，一直保持着这种糊涂的表情。

"什么也没有……对吧?"

漂撇学长无言地点了点头。我那脊背发凉的感觉似乎传染给了他,他就像想起了什么恐怖的怪谈一般,表情严肃地低声说道:"我们刚刚确实和那家伙在一起吧?"

"嗯,是,我们在一起喝酒。"

"那、那、那家伙现在到底在哪儿?"

"天晓得……"

"哎?那家伙到底死哪儿去了?该不会是被卷入异次元了吧?"

"怎、怎么可能。"

不知道是不是因为我俩都喝醉了,话题一旦转向猎奇的方向,在两个人疑心生暗鬼的加倍效果下,恐怖感便越发强烈。但是,其实根本用不着搬出怪谈,这件事情只有一个合理的解释,不是吗?

"哎?"我突然想到那个简直理所当然到极点的假设,"宫下学长该不会……"

"什么?"

"搬家了吧?"

"怎么可能,我可从没听人说起过。"

要是其他人这么说的话,我一定会反驳说,这个世上你不知道的东西多着呢。但从刚刚岩仔的备用钥匙这件事可以看出,漂撇学长对于学弟学妹们的私生活简直了如指掌,甚至有可能比他们的亲属还了解他们。

原来如此,看来宫下学长好像是搬家了。虽然这件事本身一点儿也不奇怪,但漂撇学长却浑然不知,倒不如说这一点更应该被叫作"谜"才是。

"唉……算了,先不管宫下了,总之我们先走吧。"

虽然我们仍然满心疑惑，但还是调整心情，一路朝小闺家前进。当我们到达这座两层楼的西式建筑时，已经是凌晨一点五十五分了。

门灯散发出渗着水一般的白光，带着冷冰冰的感觉，似乎是不欢迎来客，酝酿出一种冷漠的寂静感。

"喂，"漂撇学长从背后叫住了刚下车走向玄关的我，"不是那边。"

"哎？不是这家吗？可这门牌上面写着滨口啊。"

"不，是这家没错。我只是说不要从玄关进去。"

"什么？"

"从这边。"

漂撇学长就好像踏入的是自己家一样，自然地绕向庭院。我一边侧眼看着篱笆，宛如龟甲层层重叠一般的石头和开满秋海棠的花坛，一边走近散发着朦胧橘光，宛若鬼火漂浮的落地窗。

空，空空，空，空。漂撇学长用奇怪的节奏敲着窗户。看来他们连暗号都事先定好了。

气氛变得越来越不寻常，有些不安的我不经意间往下看了一眼，却发现窗口的平坦石阶上放着两双鞋子，一双是运动鞋，一双是高跟鞋。运动鞋我有印象，是岩仔的。但高跟鞋是谁的？小闺或者她的家人的吗？可这双鞋看起来如此昂贵，要是摆在玄关也就罢了，像这样脱在庭院前，总觉得有些不自然。

落地窗开了道细缝，岩仔那张圆脸探了出来，我本来以为他会让我们赶紧进去，没想到他一脸严肃地说出的第一句话居然是——

"车子带来了吗？"

漂撇学长用拇指和食指做了个OK的手势之后，岩仔终于松了口气，让我们进入屋子里面。

一进去是兼具餐厅功能的客厅。原本应该是宽敞舒适的空间，但因为只有厨房里的灯露出一丝微弱的橘色光芒,黑暗仿佛从四周压迫而来,反而很奇妙地让人感到狭窄。

"到底是什……"

正要问到底是什么事的漂撒学长,将视线按顺序在岩仔、站在他身后的小闺以及小闺的脚边移动了一圈后,便突然像打呼噜打到一半突然停止一般发出奇怪的呻吟声,停止了说话。

滨口家的客厅里不仅仅有小闺和岩仔两人,还有一个没见过的女人,只是躺在地板上。

"谁……这是谁?"

"那是……"岩仔畏畏缩缩地犹豫着开了口,好像在征询小闺的指示一般,"我也不知道。"

"不知道?不是小闺认识的人吗?"

"我才不认识这个人!"

这句话似乎触怒了小闺,她威吓似的低吼道。完全无法想象这和几个小时前在居酒屋发出可爱的咯咯笑声的是同一个人,甚至让人感到一股杀机四伏的危险气息。

"不认识……那这个人,嗯。"漂撒学长半蹲着身子,一遍遍地仔细打量着倒地女人的脸,"那个,既然小闺不认识,那这个女人在这干什么?"

"这事别问我,我什么都不知道,什么也不明白,我刚到家的时候就是这样了。"

"等,等等。"似乎是在计算小闺离开居酒屋回到家大概是几点,到现在已经过了几个小时,漂撒学长揉着眉间说道,"从那时起就一直这样倒在地上,难不成,这个人……"

"嗯。"小闺的语气相当冷淡。从她所说的话来看,甚至可以说是像冰一样漠不关心。"死了。"

"死了……"

满脸惊愕的漂撇学长，朝女人身体伸出的手犹如抽筋一般缩了回来。相对地，他开始仔细观察附着在女人太阳穴和地板上的，像血一样的暗红色物质。

"那，这……难道是？"

"嗯，对，我想她应该是被杀的。"小闺的表情非常焦虑，似乎是对这不知会持续到何时的问答感到不耐烦，"大概是头部被人用什么东西给殴打了。不过，我刚回到家那会儿，她好像还有气息——"

"什么？"受小闺和岩仔的影响，一直低声说话的漂撇学长，听到这话也忍不住恢复了本来的嗓音，站了起来，"还活着？那个时候她还活着？"

"不，已经死了。"小闺似乎觉得漂撇学长是在故意找她的茬儿，显得很不高兴，嗓音里甚至带了一股恐吓的意味，"有那么一瞬间我觉得她似乎还有气息，结果应该只是我搞错了。不过她好像是发出了奇怪的呻吟声……"

"那就是说她还活着吧？因为那个时候她还活着，所以才会呻吟啊！"

"学长，你什么都不知道嘛。尸体发出'声音'是常有的事。"小闺难得地像挤牙膏一样开始卖弄渊博学识，"那是因为滞留在肺部的空气泄了出来。尸体可是很吵的，你去问问护士们，单人病房的患者去世的时候，在空无一人的房间里突然传出呜呜呜的声音，简直就像怪谈一样。"

"那到底单纯只是尸体肺部滞留的空气外泄，还是重伤患者濒死前的呻吟声，你应该也分不出来吧？"

"不，我能分出来。"

"怎么分？你又不是护士。"

"我不是说过她已经死了吗？她的确是死了，不然你说我到底该怎么办啊？"小闺将音量提高了三度音，巧妙地转换了论点。此时她的脸高吊着就像夜叉一样。"对，没错，我不是护士，有人死在眼前我却毫无办法。"

"所、所以说，现在不是这个问题……"

"她已经死了，早就死了。我回来的时候她已经死了。我根本没办法，真的，我真的一点办法都没有。"

"救、救护车！"漂撒学长发现这样下去事情也没什么进展，便慌慌张张地左顾右盼，似乎是在找电话，"现在还不晚，总之先叫救护车——"

"别、别叫救护车。"

漂撒学长发现了放在电话台上的话机，正要跑过去，却被岩仔劝住。

"干、干什么？"

"她已经死了，早就死了，现在不管干什么都没用了。"

"或、或许是没用，那这种时候不叫救护车，也应该报警……"

"所以说不能那样啊。"

"不能怎样？发现有人死于非命时报警，是良好市民的义务啊。"

"我知道，我知道的，但还是要做这个不情之请。"

"不情之请，你……"

眼前有一个不认识的女人头破血流地倒在地上，这一状况与自己喝得烂醉如泥却被迫开车前来的事实，漂撒学长就算脑子再不清醒也发现了两者之间的关联。他似乎不知道应该是发愣还是激愤，

43

表情显得极为复杂。

"岩仔啊,你到底在想什么?"

"就是……"迟疑了几秒钟,岩仔毅然决然地抬起头,"我想请你们帮忙。"

"帮什么忙?"

"就是说……把这个女人的尸体从这里搬出去。"

"你是认真的吗?"漂撒学长似乎觉得如果此时一笑了之的话,还有把一切化作玩笑的余地,但遗憾的是,他的笑容却僵住了。"你知道自己在说什么吗?"

"拜托你们。"

"这可是犯罪啊。"

"我明白。"

"不,你不明白。冷静下来,好好想想。"

"我很冷静,是经过深思熟虑之后才拜托你们的。"

"过来一下。"漂撒学长抓住岩仔的手臂,将他朝厨房的方向拖去,并向小围投以讨好的笑容,"——抱歉,滨口,能请你暂时回避一下吗?"

"我就说嘛!"也不知道小围到底听没听到这句话,只见她完全无视漂撒学长,连声痛骂岩仔是笨蛋,甚至开始大发脾气,连连跺脚,"要是你一开始就开车过来,就不会有这么多麻烦事了!"

"滨口,真的只要一下下就好。我想和这小子谈谈。"

"都是你的错,把事情全搞砸了,都是你的错!"

"那个,滨口啊——"

"你要怎么办,你到底想怎么办?"

"滨口。"漂撒学长依然一脸讨好的笑容,耐心地重复着,"真的,只要一下下就好了。"

"边见学长。"小闺的齿缝间吐出的气息甚至可以用凶暴来形容。她终于转向了漂撇学长:"原来你是这么头脑顽固的人,我现在才知道!"

小闺一边大声地抱怨,一边鼓着腮帮子跑出了客厅。"差劲透顶!"

"喂——岩仔。"

"对不起。"小闺的身影一消失,岩仔便如从枷锁中解放出来一般,带着安心下来的表情,突然开口道歉。"给学长和匠仔你们添麻烦了。但我也是迫不得已,我真的没有其他办法了——"

"该不会是小闺这么说的吧。她命令你把那具尸体丢到别处去?"

"命令?没、没有……"

"那就是用甜言蜜语诱惑你咯?"

似乎是被学长说中了,岩仔的脸涨得像个红色气球,就差没哭出来了。

"一开始她打电话到学长家的时候,我还没搞清楚状况。"或许是为了掩饰心中的羞耻感,岩仔像是被什么附体了一般开始辩解,"小闺让我把车开到她家来,而且还强调要马上来。当然,我喝得这么醉,肯定没法开车。可是她好像非常着急,所以我就立马叫了辆出租车来这里了。"

"到这里为止还好,你没做错什么。"

"但是从她那里知道了事情的来龙去脉之后,我才恍然大悟,的确要准备车子,把尸体处理掉……"

"从这里开始就错了。你在说什么啊,怎么可以被她洗脑?这时候你应该告诉她,擅自把尸体从现场转移可是会犯尸体遗弃罪的,这可是不折不扣的犯罪啊！"

"我明白，我明白得很。但是，这次情况特殊……"

"特殊？有什么特殊的？"

"因为小闺明天——不，已经是今天了——必须要出发了，不是吗？"

"你是说去佛罗里达吗？那也没办法啊，事情紧急嘛。只能取消机位，延迟出发日期了。然后联络瑞秋，告诉她计划有变。只能这样了。"

我一边听着两人的争论，一边漫不经心地观察起倒在地上的女人来。她身穿胭脂色的丝质衬衫和有着大胆开衩的深灰色紧身裙。

"可是，这件事和小闺无关啊。她一回家，这个女人就莫名其妙地死在这里了，就仅仅是这样而已。她真的什么都不知道，也不清楚这个女人的来历，她根本就和这女人一点儿关系没有。"

"我知道，我们并不是在怀疑她，但是警察不一样啊。既然现场是在她家，不管有没有关系，她都得接受问话啊！"

"所以学长，你听我说，就是这里麻烦。换句话说——"

"我知道她很倒霉，也很可怜。但是事情已经发生了，没办法啊。对了，就和交通事故一样。"

或许是因为这个季节天气很炎热的缘故，女人没有穿丝袜之类的东西，露出一双白净的裸足。我感到有些不自然，开始坐立不安地东张西望。

"小闺太可怜了，她那么期待这场旅行。"

"喂喂，我又不是让她把这次的计划完全取消。她不是原本预定在瑞秋家待一个多月的吗？就算晚一个星期过去，只要好好享受剩下的几个礼拜不就得了？只是这样而已，没什么大不了的。"

女人的身体边上有一个大箱子摆在地上，应该是小闺的行李吧！我发现有件肉色丝袜像被晾的衣服一样挂在上面。

"但是你说的是案子可以在一周内解决的情况，要是搜查一直持续到九月份的话要怎么办？"

"就算案子没有解决，只要一周的时间，警察应该就能查明她和这件事毫无关系。"

丝袜里塞了个奇怪的东西，一开始我以为是刷子之类的东西，但仔细一看，似乎是人类的毛发，长约五十厘米，两端用橡皮筋捆成一束。

"可这没法保证啊，不是吗？说不定搜查拖得很长，一直没法证明小闺和案件无关。"

"话虽如此，可也不是完全无望啊。"

"还是不行。"

"为什么？"

"就算案子两三天就迅速解决，对小闺而言还是全都完蛋了。只要一报警，她日思夜想的佛罗里达之行就会被迫中止。"

"你说什么？"

"问题不在于警察。"

"啊？"

"在于她父母。"

我弯下身子，观察女人的头部。本来应该被银质发夹束起的长发，却被剪得乱七八糟。那不是在美容院剪的，一眼就能看出是外行人所为。

"什么？你是什么意思？为什么会提到她父母？而且这究竟和她父母有什么关系啊？"

"后天,不是,明天小闺的父母就会回来了。"

"我知道啊。"

"然后他们会知道这件事。"

"那当然。"

"那就玩儿完了。"

"我不太懂你的意思,你到底想说什么?"

"学长你应该也听说过,小闺的父母提了各种各样的条件,才准许她去佛罗里达的。其中有一条就是,如果去之前出了什么乱子,就要取消许可。"

"乱子……"似乎是一时语塞,漂撇学长隔着厨房的柜台瞥了我一眼,顿了一下,"——不过,那是说如果她自己惹出乱子吧?比如说打破门限之类的。这个案子应该和她没关系啊。"

"乱子就是乱子。既然这件事是发生在自己家里,那对她的父母来说,就是不能坐视不管的乱子。出了这种乱子,自己的女儿还幻想着出国旅行,太荒唐了——就是这么回事。他们一定会认为家里死了个人,不该有这种想法。"

"有脑洞这么大的理论吗?"

"当然有,对于我们来说确实是脑洞太大,甚至有可能滨口夫妇也觉得这理论脑洞太大,但问题是,他们本来就非常反对女儿的这次佛罗里达之行啊。"

我正要走向厨房,眼睛却捕捉到某个发光的物体。倒地女人不远处的餐桌下,似乎有什么东西。

"你是说他们会利用这件事作为阻止女儿旅行的借口?"

"对,就是这样。所以才不能,绝对不能让这个女人的尸体在这个家里被发现。"

"我也不想发表老掉牙的演讲了,但是不管是多么期待的旅行,和人命相比,哪个更重要?"

"复杂的道理我不懂,因为我脑子笨。我只是无法对小闺陷入困境坐视不管。"

我探头去看餐桌下面,才发现原来是一枚珍珠戒指。

我一边留意着不用手去碰,一边借着微弱的灯光从各个角度去观察它。上面并没有雕刻首字母缩写之类的东西,没有任何特别之处,只是一枚普通的戒指。

或许是因为酒精使我的注意力变得愚钝,我从桌下爬出来的时候,脑袋撞上了桌子。我一边摸着脑袋,一边绕着倒地女人的身体周围爬行,观察她的左手。

无名指上隐约留有戴过戒指的痕迹。

"喂,匠仔。"漂撇学长一边用手指弹着柜台,一边用力喘气,差点儿把柜台上排列着的调味料瓶都给吹倒,"你从刚开始就一直晃来晃去干吗啊?"

"没什么……随便看看。"

"你也对这小子说点儿什么啊,对这个色欲熏心导致是非不分的浑蛋说点儿什么啊。"

"我、我我我、我没有……"

岩仔大声叫道,似乎马上要暴走一般横眉竖目。他的表情在羞耻与愤怒的夹缝中不断闪烁、变化着。

"学长——"

小闺肯定是给了岩仔某些色情暗示作为交换条件,才让他完全陷入洗脑状态,对她言听计从——漂撇学长的这个见解多半是正确的,所以岩仔才会稍微一被说就恼羞成怒。

不过,一味地刺激岩仔的感情只会让事情更加麻烦。这两人的争论现在已经陷入胶着状态,再加上两人都摄入了大量酒精,不知还能保持多长时间的理性……正当我为此感到担心时——

砰!就像一脚踹在心脏上一般,一道尖锐的声音响起。我一看,从客厅通往走廊的拉门大开着,小闺正屹立在门口。

"好,好了,已经够了!"小闺用高亢的声音叫道,同时用一个发着银色纯光的东西抵住自己的喉咙,"完了,全都完了。反正一切都完了,够了,已经够了,都无所谓了。"

"喂,喂喂喂,喂。"漂撒学长大吃一惊,冲出厨房,"你干吗?"

"住手,小闺!"当然,岩仔也飞奔而出,"住、住、住、住手。"

"够了,够了,反正一切都泡汤了,既然这样,我就死给你们看。"她猛烈地摇着头,头发就像火苗一样倒竖着,呈放射状,那气势都快要冲到天花板上了。她故意做给我们看似的把美工刀在空中挥来挥去,然后又再度抵住自己的喉咙。"我死给你们看。无所谓,无所谓了,怎样都无所谓了。"

"哇,哇哇哇。小、小闺,冷静点儿。别、别别、别干傻事……"

"别过来!"她再次挥出美工刀,威吓奔上前去的漂撒学长,"我死给你们看,我是说真的,我真的死给你们看。要是叫警察来,我就当场死给你们看,死给你们看!已经无所谓了,都无所谓了,无所谓了,我豁出去了!"

小闺的眼睛就像熔炉一般烧得火红,而犹如熔化的铁一般的大颗泪珠从她的眼里溢出。只要发现我们三个之中有人想要冲过去,她就会挥出美工刀作为威胁,然后又立刻收回刀刃,抵住自己的喉咙。

即使是事后再回想,我依旧确信她是认真的,但当时的我们已经犹如涂了石膏一般完全凝固。这绝不只是威吓而已——现在这么想的应该不止我一个。那是让人毛骨悚然的场景，昏暗稀疏的灯光为她制造出来的独特阴影更是加强了这种效果。最要命的是，当时的小闺与平常天真到少了根筋的举止相比落差太大，我们三个被吓得浑身发抖。

"冷静点儿，小闺，拜托你冷静点儿。"也许是过于惊慌，岩仔的声音里居然带了哭腔，"没事的，没关系的，就按你说的来，我们会照你说的去做。所以……"

"喂，岩仔。"因为这句话，漂撒学长从小闺气场的束缚中一瞬间解脱出来，慌忙怒吼，"你在说什么？你在说梦话吗？你还不明白吗？"

"可、可是……"

"岩仔，你听着——"

"学长。"

我心想不好，便赶紧插嘴。说归说，但到底什么东西不好，我也不知道。总之，一直这样下去的话，我担心事态会往无可挽回的方向发展。

"干吗？"

"你就放手让他们去做吧，怎么样？"

"喂，喂喂。"

"当然，我们不会帮忙。只把钥匙和车子给岩仔，随他们高兴怎么做就怎么做，怎么样？"

"匠仔，你，连你都中了她的毒吗？"

"只不过，有个条件——岩仔在完成'工作'之后，必须报警。"

"真是没法跟你们交流。"

"当然，有可能成为证据的丝袜，掉在餐桌下的戒指还有庭院前的高跟鞋应该也是这个女人的东西——这一切的物证也要和尸体一起搬走。这也是条件之一。"

"匠仔，或许你是打算想一个讨巧的办法，但无论多么谨慎，想万无一失地把证据一起搬走，还是无法改变妨碍警方办案的事实。因为现场是这里。知道吗？真正的现场就在这个家里，这个事实是绝对无法动摇的，根本没法动摇。而对警察来说，杀人现场是最重要的，而你们却想把这个现场从警察的搜查中隐去。哎？匠仔，你真的认识到了这是重大犯罪吗，用你那被酒精泡迷糊了的脑子？"

"尸体曾被从现场移动过这个事实，只要检查尸斑的状态，警察立马就会发现吧？"

"所以呢？"

"所以搜查时当然会以此为前提。我相信日本警察是很优秀的。"

"你说得还真轻松。明明是妨碍人家在先，却又期待人家努力。这简直比自愿带上贞操带，却又埋怨没人和自己上床的女人还要自相矛盾。那我问你，假如警察没法解决这个案子的话，你要怎么办？哎？要是因为你隐藏了杀人现场这个重要证据，导致这起杀人事件的搜查陷入僵局，到时候你要怎么负责？"

"负责吗……嗯……"

事后回想起来，不管当时的情况多么紧急，我居然说出如此不经大脑的大话——我也不知道当时自己是怎么想的。我知道不能把什么事情都怪到喝了酒这个原因上，但我也只能说是当时醉得太厉害了。

"到时候我来解决。"

"什么？"

"假如警察没有受到妨碍，顺利解决案子的话自然最好不过。否则，我就会负起一个现场见证者的责任，解决这个案子。"

"你还真有自信啊！"

漂撇学长本来是想用讽刺的语气进一步否决我的提议，但一时又想不出更好的善后办法，因此语气里带着微妙的迟疑，显得不冷不热。

"拜、拜托了，学长。"岩仔没有放过漂撇学长这瞬间的犹豫，逮住机会突然跪下。他用力磕头，把额头都擦破了，就差没把眉间给磕裂了。"拜托了，学长，这是我一生最大的请求。"

"知道了。"漂撇学长宛如被手枪指着一般，一脸苦相地举起双手，"知道了。匠仔都把话说到这个份儿上了，我就不管了，随你们吧。"

"谢、谢谢学长。"

"不过，我不会帮任何忙，只把车和钥匙留下。你能开车吗？"

"应该能。"岩仔在学长的搀扶下站起身来，"我试试。"

看来他们已经做出了最终决定，应该不会再改变了……小闱似乎正如此确认着现场的气氛，缓缓地轮流看着我们三人。那好像要喷出熔岩的眼睛转眼间就冷却下来。

终于，小闱放下了手中的美工刀，刀刃撞击地面的声音格外响亮。

"那就……嗯。"漂撇学长侧眼看看她，大大地叹了口气，"加油吧。就像匠仔说的，记得把所有证据和尸体一起搬走。"

"我知道了。"

"'工作'结束后，立刻给我家里打个电话，告诉我尸体丢到哪儿了，我再报警。当然，我保证会匿名，而且绝对不会提到你跟小闱——这个条件行吧？"

"非常好！"岩仔的表情终于恢复了平时的明朗，"我会一辈子记住学长的恩情。"

"我和匠仔就先闪人啦！"漂撇学长一边把车钥匙递给岩仔，一边用演员演戏一般夸张的动作指着小闱的脸，"搬尸体的工作就交给岩仔了，不过你至少得帮着把尸体塞到车里吧，听到没？小闱，知道了吧？"

"我、我吗？"刚才如夜叉般的气势已经烟消云散，小闱又恢复了平常那样不知道应该说是天真还是少根筋的表情和说话方式，立刻故态复萌地开始耍赖，"要我搬这个人吗？"

"说到底这还是你自己的问题，别把什么事都推给岩仔。"

"可是我根本不认识这个女人啊。明明是不认识的人，为什么是我的问题？"

"我说，这可是你家啊。"

"我才不要碰一个陌生女人的尸体，即使是熟人的尸体我也不想碰。"

"总之，至少地板上的血迹你要自己擦干净吧。"

"那、那是我最讨厌做的事！"

这么一说，小闱好像说过她最讨厌打扫——现在这个场合，我却想起了这些无关紧要的事。她曾说过想要一个人生活，但如果不雇个保姆，估计是不可能的。

"哎？"岩仔惊讶地叫出声来，将漂撇学长递给他的车钥匙举到眼前，"……这是？"

"啊啊啊，是的，这是你的车钥匙。"

"哎？我、我的？"岩仔的表情与其说是惊讶，不如说是沮丧，"我的车钥匙，学长，你到底是怎么……"

"你看，我就说嘛。一开始你自己开车来就好了啊，也不必——"

搞得这么麻烦，又可以节约时间——漂撇学长和我转过身，一边听着小闺半笑半怒的抱怨，一边离开了滨口家。

我们把岩仔的蓝色轿车甩在后面，朝学长家迈开脚步。

"谢谢你，匠仔。"

"哎？"

"多亏了你，真的。"学长一边仰望夜空，一边伸了个大大的懒腰，"我是说你提出的那个方案。"

"你是说那个随岩仔他们去做的方案吗？"

"嗯。说实话，我当时很伤脑筋。我不是不了解岩仔的心情，也知道跟他讲大道理没用，再加上小闺又要寻死——或许是因为我喝醉了，根本想不出好办法。一旦站上反对的立场，更是骑虎难下了。结果，我只能一反平时的作风，发表一通跟警方宣传稿一样的演说。"

"莫非……"我故意坏心眼地说，"你在乎小闺的那句话——没想到你是这么头脑顽固的人，我现在才知道？"

"嗯……"他不情愿地承认，"或许吧。"

"不用在意啦。讲大道理的人往往会被当作没有幽默感的卫道士，但总得有人扮演这种角色。"

"啊啊，是啊。"大概是觉得嘴里空荡荡的，漂撒学长叼起一根烟，但并没点火，而是在嘴唇间摇摇晃晃地摆弄着，"仔细一想，认真的人还真是吃亏啊。明明讲的是总要有人说出来的大道理，但却得不到任何人的尊敬，而且还会被认为是死板、冷淡的人，被人嫌弃，真是吃力不讨好。我以后再也不干这种苦差事了。"

"别这么丧气嘛！这不像平时的你啊。大道理就是要由学长这样平时吊儿郎当的人讲出来才更有分量啊。小闺虽然嘴上没说，但内心还是相当震撼的吧。"

"难道是因为她没想到我会反对？"

"没错，我想那番话也应该让她多少清醒了点儿。或许现在还不会，但搞不好九月份回国以后，她会改变心意，老老实实地告诉警察'我一直没说，其实犯罪现场是我家'。"

"即使晚了一个月，也总比隐瞒到底要好啊。"

"搞不好等她头脑冷静下来，就会主动这么做了。"

"谁知道呢。对了匠仔，你刚才趁我不注意说了什么。像我这样平时吊儿郎当的男人？什么意思？我真的很不爽哎。原来你是这么看我的——"

"别说这个了，说说岩仔吧。"

"嗯？"

"他好像以前就喜欢小闱了？"

唉！漂撇学长吐出的与其说是声音，不如说是成团的气息。他停下了脚步，眉头紧锁的脸带着阴影浮现于路灯的亮光下。

"……好像是一见钟情呢。"漂撇学长再次迈开脚步，踏上夜路，"从他们刚进大学的时候就开始了。"

"那么早啊？"

"岩仔好像写过好几次情书，也邀请过小闱去约会，但到目前为止，小闱似乎都还没给出明确的答复。

"不愧是学长，知道得真详细。"

"我只知道，即使是岩仔，也不是随便一个女人就能迷住他的。那家伙确实很单纯，但还没那么蠢。假如对象不是小闱，哪还用得着我来说教，他自己肯定能理性思考，做出行动的。"

"说得也是……"

"所以说我才更加不爽啊。"

"怎么说？"

"你想想，小闱明明知道岩仔的心意啊。虽然我不知道小闱提出的交换条件具体是什么，但总归一句，她利用了那家伙对自己的好感，硬把这种难题推到岩仔身上。"

"如果往好的方面解释的话，或许小闱觉得岩仔最值得信赖，所以在陷入极端情况下第一个想到的人就是他。"

"什么啊。你绕了这么一大圈，其实就是想说他们两情相悦呗？"

"很有可能，不是吗？"

"没想到你还是个浪漫主义者啊。"

"不管是电影也好还是其他东西也好，我都喜欢美好的结局。"

"嗯，要是能这么收场的话就再好不过啦。为了他们的将来，姑且先祈祷岩仔那家伙在路上不会碰到临检吧。"

"说得也是。"

我们走了一个小时左右才回到漂撒学长的家。在等待联络的这段时间里，我们又本性难移地喝起酒来。

岩仔打电话来，是在凌晨五点过后。当时漂撒学长正好去厕所，所以是我接起了电话。

"啊……是我。"或许是因为刚刚完成了一件"大工程"吧，岩仔气喘吁吁，"匠仔吗？"

"嗯。怎么样了？"

"刚刚才弄完。学长呢？"

"他去上厕所了。"

"你这什么说法啊？"

大概是觉得我的说法比较可笑吧，性急地想要喋喋不休的岩仔，也终于有了些放缓语气的意思。

"你们两个不会又在喝酒吧?"

"好厉害的直觉。"

"佩服吧。"

"好啦,情况如何?"

"嗯,最后我一直到了栈桥。"

"你搬得还真远啊。"

"码头前的路边最近不是多了个小公园吗?嗯,叫什么市民交流公园的。我就把尸体丢到那里的凉亭了。"

虽然他的语气已经平稳了不少,但还是喘个不停。

"你喘得好厉害,没事吧?"

"当然啦,我可是扛着……"果然即使在电话中,他也很忌惮直接说出"尸体"两个字。"而且还是我一个人扛。"

"也就是说……完全没人帮你?"

"谁会帮我啊。"岩仔罕见地发出自嘲般的哼声。没碰上临检,平安无事地完成了"大工程",一旦四下无人之时,他的紧张感便松懈下来,因此脱口说出了真心话。"从一开始我就没期待过有人帮我。"

"这么说,难道连地板上的血迹也……"

"当然。"他发出咯咯的笑声,声音虽然小,但却带着点歇斯底里,是我过去从未听过的笑声——那是一种交织着安心与自嘲的复杂笑法。"是我清理的。"

"那小闺呢?"

"应该在睡觉吧。不,有可能已经起床了。她说机场巴士七点出发,所以五点左右就要起了。"

漂撇学长回来了,他用眼神询问拿着话筒的我——是岩仔吗?

"等等,我让学长来接。"

"是我,喂,怎么样了?"

是吗?真是辛苦你了,你的"公主"也太养尊处优了吧——学长对着话筒频频附和,又叮嘱岩仔好好休息,才挂断了电话。

"等我一下,我马上回来。"

"哎?你要去哪里啊,学长?"

"那还用问?当然是去报警啊,说码头附近的公园里有具横死的尸体。这种电话总不能在家里打吧?"

这话说得倒是很在理。漂撒学长总是想得很周到全面。他并不是个只会说大话的人,关键时刻总能靠得住。

一个人在漂撒学长家等他的时候,突然有种让人如坐针毡的感觉向我袭来。这样真的好吗?要说是后悔也不对。应该说是不安或者是焦躁。当时那种场合下,顺着岩仔的意让他把尸体搬走真的好吗?或者我也应该和漂撒学长一样,坚决反对他们模糊犯罪的轻率行为?

当然,现在再考虑这些已经太迟了。

漂撒学长过了两三分钟就回来了。他似乎是用附近的公用电话把想说的都说完之后,便直接挂断了。

完全睡不着的我们又开始大量喝酒,甚至连我自己都觉得过于贪杯了,没想到漂撒学长也是一副奉陪到底的样子,完全不懂节制。

指针走过七月十六号上午十点之前,我还勉强有点记忆。之后我就在学长家睡着了。

我感到鼻子有点疼,睁开眼一看,已经过了傍晚五点。

"——终于醒了？"

仔细一看，高千正看着我的脸，一如既往的面无表情。

她突然松开捏住我鼻子的手指，然后转向了还在趴睡着的漂撇学长。

"喂！"她狠狠踹着漂撇学长的背，似乎根本不知道这个世界上还有手下留情这个词，"你也差不多该起来了吧。"

扑噜！随着一道类似受惊小猪发出的怪声，漂撇学长跳了起来。"怎、怎么了。啊，高千啊。啊，好，很好。继续踩，继续踹。啊，不要停，继续，用力踩。"

"蠢货！"

高千推开昨晚宴会留下来的"残骸"，把超市的塑料袋放到桌子上。

"你以为现在几点了？"漂撇学长想抱住高千的脚，但高千却以媲美大联盟投手的力道将报纸砸在了他脸上。"早报也不拿进来，连晚报都送来了，你看！"

"好痛。"漂撇学长转过身来，但是看起来却好像挺高兴，"鼻梁断了。"

"是吗？我这算是给你整个容，你应该能变得更帅吧？"

"啊，人家好害羞啊！我要是变得比现在还帅可怎么办哦。"

高千无视不屈不挠的漂撇学长，将塑料袋中的东西拿了出来。各种蔬菜、包装肉类、鱼干之类的东西一一出现。

"啊，那是什么？"

"当然是你们的晚餐了。今天就别出去喝酒了，好好地吃点正经的东西，知道了吗？"

"哎，这么说来，"学长的脸像绽放的花朵一般，满脸都是笑容，

"哇，哇，高千要为我们做饭？"

"想得美，我只是替你们把材料带来。"

"怎、怎么能这样。"漂撇学长就像在玩具商店里闹脾气的小孩一样，打滚撒泼，"我想吃高千做的菜，好想吃，超想吃，超级想吃——"

"你就闹到死好了。"

"好冷淡哦。喂，高千，为我们做饭嘛！要是你不为我们做饭，我今晚也会喝酒哦，而且是出去喝哦。"

"随你便，你们要是肝脏破裂而死也跟我无关。"

呆呆听着这两个人之间白痴对话的我，突然想到了某件事，顿时睡意全消。"学、学长……等一下。"

"嗯？干吗啊，匠仔。快，你也一起来求高千——怎么了？"

"报、报纸！"

"啊？"

"就、就是那个啊。"情急之下，我情不自禁地怒吼了出来，却弄得宿醉的脑袋嗡嗡作响，"新闻报道。"

"啊。"

漂撇学长的脑袋似乎终于可以正常地思考了。只见他脸色大变，拿起高千刚刚砸在他脸上的本地报纸，用差点儿就能撕裂它的力道把报纸摊开在榻榻米上。

"在、在哪？刊在哪里？刊出来了吗？"

"学长，那是早报，是早报啦。"

"哎？你说什么呢？这是今天的报纸吧？没错吧？"

"怎么可能来得及上早报？如果刊出来的话——"

"啊，对、对啊……"

我们两个又用力扯开晚报来看，有关报道果然被刊登了出来。

岂止是刊登了出来！或许是没发生什么其他的像样事件，这件案子竟然登上了社会版头条，名片大小的标题跃然纸上。

"安槻港栈桥公园发现他杀女尸。"

我和学长不禁面面相觑，两人的喉结不约而同地上下大幅滑动。

我们又是心急又是恐惧地开始阅读报道。

——栈桥公园发现他杀女尸。

十六日清晨，安槻警署接到报案——安槻港栈桥市民交流公园中发现倒地女性。警方驱车赶往现场，于公园一角的凉亭内发现横死女尸。

该女性头部有打击性的外伤，而且可以看出死后有被移动过的迹象，推测是在别的地方被殴打致死后，再搬运至此。安槻警署与县警局已联手成立调查小组，共同追查这件杀人弃尸案。

根据检查，死亡时间推定为十五号晚上十点到十六号早上四点之间，死因暂时不明，推测为头部受创导致外伤性休克死亡。死者身上衣服并无凌乱迹象。

死者推定年龄在二十岁到三十岁之间，身上没有任何能证明其身份的东西，发型原本应为长发，但却被剪断，而剪下的头发被塞在疑似死者原本所穿的丝袜之中。调查小组正在调查此事与本案之间的关系。

此外，由于向安槻警署报案的人没有透露其姓名，因此调查小组已经着手调查此人的来历以及与案件之间的关联……

"——真是伤脑筋啊。"漂撇学长一面摸着络腮胡子，一面摇着头，"没想到竟然会刊得这么显眼……真是想不到啊。"

"这么说来……小囷的担心也不能算是杞人忧天。"

"是啊……"学长难得示弱,一本正经地点了点头,"肯定会引起一场大骚动。他的父母搞不好会觉得这是遗臭万年的奇耻大辱而大发雷霆。小囷有可能一辈子都要像坐牢一样,永远也不能出门了。"

"这个笑话一点儿也不好笑,因为真实感太强了。"

我们不约而同地叹了口气,这时传来一道声音:"我改变主意了。"

漂撇学长和我几乎是同时跳了起来,发出"哈""叩"之类的怪声,简直是惊呆了。我们太过专注于报道的内容,竟然完全忘记了高千的存在。

"我来做饭,我来准备美味的料理,而且是专门为你们两个准备。"

高千的脸上浮现出了类似昨晚用香烟恐吓小囷和漂撇学长时的可怕笑容,她甚至罕见地做了个飞吻的姿势。

"你们可以趁我做饭的时候去洗个澡或者喝杯啤酒。"

当然,她的语气毫无媚意,反而可以说是恐怖,就连一向吊儿郎当的漂撇学长也没心情高兴了,反倒显得畏畏缩缩。

"相对地——"

啪!高千一巴掌拍在晚报上,差点儿把纸面打裂。她的脸上依然挂着天使——不,是魔鬼一般的笑容。

"你们会好好给我说清楚整件事的来龙去脉吧?"

不用说,漂撇学长和我就像做工精致的人偶一般,点头如捣蒜。

公约恋人

"要说你们到底哪里蠢呢——"

高千的语气与其说是辛辣，不如说是冷静与漠然。当然，对于被迫听训的一方来说，后者的伤害要大得多。

"假如这个案子陷入迷宫的话，最大的原因应该就是无法判明被害者的身份。但这个显然至极的可能性却完全被你们忽略了——就是这点最蠢。"

吧台前，漂撇学长和岩仔夹着高千并坐着，而我则穿着半身围裙，站在吧台内侧。我们三人就像被老师训了一顿并在走廊罚站的小学生一样，垂下眼睛，一齐缩了缩脖子。

我们所在之处是大学前一家名为"I·L"的咖啡店。我每周都要来这里打几次工，身兼服务生与厨师。本来我只是被雇来做服务生的，但店老板是个可以同时加上"超""狂""病"三个字的小钢珠爱好者，只要我一不留神，他就会逃得无影无踪，让人很伤脑筋。要是他不在的时候有客人上门，即使我再怎么不情愿，也必须要亲自动手准备咖啡或者简餐，因此这方面的本领倒是已经得到了千锤百炼。

由于地理条件优越，本店生意相当兴隆。当然，客人大半都是安槻大学的学生。早安套餐与中午特餐——几乎都是固定的客人来点固定的餐点。因此对我来说,这份兼职在体力上暂且不论,至少在精神上是相当轻松的。而店老板或许是因为经常翘班,心中有愧的缘故,给的时薪也比其他地方要高一些。

现在是下午三点左右。学生们都已经陆续放假回家了,因此来客原本就比平常要少,现在又过了午饭时间,所以客人只剩下在吧台边并肩坐着的漂撇学长、岩仔和高千三人了。当然,老板早就翘班了,所以店内加我总共只有四个人,简直是包场的状态。

日历上的日期是七月二十九日,离报纸上刊出栈桥公园发现不明女尸的新闻报道已经过去十几天了。

从电视上的本地新闻和报纸上的报道来看,这个案子似乎依然没有任何进展。相关报道在那之后只出现过一次,标题是《被害女性依然身份不明》,并且公布了她的肖像画。

当然,肖像画是头发被剪之前的想象图,因此对于亲眼见过尸体的我来说,看起来就像个不自然的人偶,感觉并不是很像。与尸体相处最久的岩仔也摇了摇头,觉得有些出入。倒是只有漂撇学长发表高见说:"是吗?感觉挺像的啊。"

然而即使公开了肖像画,被害人身份已判明或者嫌疑人被逮捕之类的新闻仍然没有传入耳中。很遗憾,看来搜查进行得相当困难。

"一般杀人案的搜查都是从确定被害人身份开始的——这点就算是外行也很容易明白。"

高千一边缓缓搅拌着咖啡里的冰块,一边交互地凝视着坐在两侧的漂撇学长和岩仔。

"被害者的身份确定之后,下一步就是调查被害者的交友关系,然后在其中锁定嫌疑人——这是最自然的顺序。只要不是路上擦肩而过的冲动杀人,或者见人就砍的无差别杀人,凶手就一定是和被害者有某种关联的人。所以反过来说,如果不知道被害人身份的话,就完全无法推测嫌疑人是谁——就是这么回事。"

这种事你不说我们也知道——没人敢这么回嘴,甚至连平时饶舌到嘴巴占了半边脸的漂撒学长也只是一脸尴尬地闷不吭声,茫然舔着巧克力圣代的汤匙。

顺便一提,他爱吃辣也爱吃甜,简直甜辣双修。

"如果不知道被害人是谁,就无法得知凶手是谁,这是逻辑的必然归宿。即使日本警察是世界第一,遇上这种案子也只能束手无策。如果无法确定栈桥公园的凉亭里放着的尸体究竟是谁,那么这件案子就会陷入迷宫之中。明白吗?"

岩仔没吃冰淇淋苏打上的樱桃,而是用手指玩弄着,只见他哭丧着脸,不时悄悄抬眼偷窥高千,然而每次视线即将对上之时,便又像触电一般慌忙别开眼睛,并以鉴定古董一般的眼神凝视手中的樱桃。

"那么,那位夸下海口说一旦案件陷入迷宫就要负起责任自己解决的仁兄——"

高千从冰咖啡的杯子中拔出搅拌棒,宛若挥舞指挥棒一般指向我。

"这个案子会不会陷入迷宫,完全取决于被害者的身份能否查明。你对这一点有异议吗?"

"啊。"我的手上拿着擦盘子用的抹布,情不自禁地采取了立正姿势,"没有异议。"

"我想也是,如果能查明身份,再加上世界上最优秀的警察,怎么可能破不了案?至少破案的可能性很高。也就是说,要代替警察解决这个因为无法确定被害者身份而陷入迷宫的案件,匠仔就必须首先查清楚被害人是谁,不是吗?"

"完全正确。"

"哎?是吗?你真的明白吗?那我真的要洗耳恭听一番了。警方手里握有被害者的外貌、血型、牙齿治疗痕迹等各种情报,却依然查不出她到底是谁。而手里没有半点情报的外行匠仔,到底要如何才能查明被害者的身份呢?"

只有无言以对一词能形容现在的我了。高千骂我是蠢货,看来还真是正确到了极点。

正如她所说,想要破案,首先必须知道被害人是谁,否则都是空谈。但我却乐观地认定被害人的身份总有一天会被警察查出,并且报道出来,所以早晚都会知道。也就是说,我完全没有认清事实——想学侦探办案,首先要从最基本的调查开始,而这所有的事都必须亲力亲为才行。

正如高千刚刚所指出的,如果警察能查出被害者的身份,自然也一定能破案。这个道理可以说是不言而喻。然而,当我说要负起责任解决案件的时候,却完全没有考虑到这个不言而喻的道理。只能说是我太大意了。

"好了,高千。"漂撒学长难得地点头哈腰,脸上挂着谄媚的笑容,"你就饶了他吧,匠仔也怪可怜的。"

"你说什么呢,小漂,在原谅他人之前先反省自己如何?说起来,你也和他同罪,一样蠢,竟然相信这个人说的要负责解决之类的白痴大话,放任事态恶化,你也有重大过失。你和匠仔一样不明事理。我倒是想听听你打算怎么负责?"

"我、我明白,我明白了。"漂撒学长缩起脖子,钻进合十的双手下,完全一副卑躬屈膝的样子,"所有责任都在做出最终决定的我身上。"

"你应该切腹谢罪！真是的！"

"都、都是我不好。"岩仔明明没喝酒，却满脸通红，一脸要哭出来的样子，"是我的错，明知是强人所难还硬把他俩拉下水。匠仔也好，学长也好，都是为了我才做出牺牲的。高濑，请别再责怪他们两个了，全都是我的责任。"

"那还用说？少自以为是了。"

我有时候会认真地思考鞭尸这个词是不是专门为高千发明出来的。不用说，岩仔就像是突然被扇了一耳光似的，灰头土脸地沉默下来。

"当然，小围也一样，最不应该的就是她了，真是的，竟然以死相逼，又利用男人的弱点，太差劲了。"

"喂喂，高千，你这话就不对了。"漂撇学长一改刚才卑躬屈膝的态度，突然用狂妄，或者说是振振有词的口吻，傲然说道，"女人利用男人的弱点，这不正是人类文化的根基吗？正是因为有可利用的弱点，人类才能确保劳动力，磨炼技术，发展学问，创造历史，不是吗？你怎么能说这种动摇自己存在根基的话呢？"

"哟。"眼见漂撇学长一改刚才意气消沉的状态，变得自信满满而且毫不犹豫，就连高千也不由得一愣。"什么，你突然说什么啊？随你怎么说好了，不过话说回来，你的世界观还真是简单粗暴啊。"

"简单。"漂撇学长一边装腔作势地循着节拍弹舌头，一边左右摇动手指。留着络腮胡的他做这种动作，看起来就像是猴子在巧妙地模仿人类一般。"我希望你能用简单而一针见血的词来形容。"

"这么说来，小漂，你也是男人，你认为男人只是为了被女人抓住弱点——说穿了就是性欲——而操纵、利用、压榨而存在的喽？你难道打算肯定这种消极的自我存在意义？"

"你怎么还在说这种话？被女人利用、压榨，这正是男人的喜悦之处啊，才不消极呢！男人就是要被女人消费，才能积极地生活下去，不是吗？对吧？对吧？"

漂撇学长不断地征求同意，但是岩仔与我只是用困惑的表情互相对望着而已。的确，我认为在某个层面上，漂撇学长说的是真理，只是我们实在无法像他那样说得如此直白。至少一般人都做不到。

"成为女人取之不尽用之不竭的'消耗品'，不正是男人的存在价值与骄傲吗？对吧？对吧？这就是说，没有此类弱点的男人是最悲惨的，这已经是不言而喻的真理了。"

也就是说，漂撇学长并非一般人——我是由衷地如此认为。他的非凡之处就在于，他的这番"哲学"并非开玩笑，也并非炫耀，而是极为认真、发自肺腑地如此坚信着，所以才说出这番话来，甚至可以说他以此为"傲"。

就连高千似乎也开始重新思考这一点，只见她犹如忍着偏头痛一般按着自己的额头，疲软无力地趴在柜台上。

"所以说啊，对于人类来说，真是要好好感谢'性欲君'，'性欲君'万岁——啊？怎么了？喂，高千，你不舒服吗？"

"……小漂，"高千像赶蚊子一般挥着手掌，"你给我闭嘴——匠仔。"

"什么事？"

"这家店有没有酒啊？"

"葡萄酒的话，有……"

"那给我来一杯。"

"喂喂，大白天的就要喝酒啊？"

高千猛地站了起来,往漂撒学长那边探出身去,用半是爆笑,半是激愤的极端复杂表情大叫:"你说什么呢?居然能说出如此没有自知之明的话!你这个'爆肝男'!其他谁都可以说我,就你没资格说我,只有你!"

"你在说什么啊?你看起来精神错乱了,没事吧?喂,匠仔,把那个给我——"

漂撒学长对于高千刚刚发出的凶暴怒吼毫不在意,只见他从我手中抢走整瓶白葡萄酒,然后用三流酒保的动作,往高千面前的酒杯里注入酒。

"好啦,一口气喝了吧,一口气。稍微冷静下来了吧。"他打断正要大喊的高千,朝我竖起两根手指,"啊,给我和岩仔也来两个杯子。哎呀,真是不好意思,还要你请客这么贵的葡萄酒。啊哈哈!来,来,干杯,干杯!哎呀,大白天的酒喝起来真赞啊,这才是人生哪!"

虽然被莫名其妙地骗了一顿酒,但高千似乎已没有反击的力气了,只是无力地趴在柜台上舔着酒杯。她的嘴角歪曲,带着微妙的焦躁感。当然,那是对漂撒学长的焦躁、不甘心以及束手无策,但看起来更像是对自己竟然没有立马摔门而出的惊讶与焦躁。

对这两个人明明毫无暧昧却又形影不离的理由,我似乎有了新的理解。也就是说,高千其实很怕漂撒学长。

每个人都会有所谓的"畏惧意识",即使再怎么大胆,不知恐惧为何物的强者,也一定会有畏惧的对象。假如知道自己畏惧的理由倒还好,但要是没有什么合理的理由却不由自主地怀有"畏惧意识",对某些人而言就是奇耻大辱。

换句话说,高千的情况正是如此。她似乎认为自己天不怕地不怕,因此想向自己证明,对于漂撒学长她也毫无"畏惧意识",所以才总是和他在一起，以此来获得证明的机会。

但实际上，高千总是被动地卷入漂撇学长的节奏里，在她的内心，对于漂撇学长的"畏惧意识"应该在与日俱增吧。但事到如今已经无法逃避，因为逃避漂撇学长这件事本身就等于承认了自己的"畏惧意识"，进而代表自己人生的失败——这对于高千来说是绝对无法忍受的。

于是她发现，自己只要有机会就会和漂撇学长在一起。明明没有被拜托，她却跑到超市买好了食材送到他住的公寓，虽然她本人并无他意，但在旁人看来，这种行为简直和贤妻无异。我敢打赌，高千绝对是第一次为男人做出这样的行动，简直是空前绝后。但这一连串的行为，恐怕并没有帮她克服"畏惧意识"，反而使这种意识加重，形成了恶性循环。

或许她平常见面时总是散发出满怀戒心的杀气，也是因为气自己无法从这种"陷阱"——作茧自缚的矛盾感情——中摆脱出来，所以心情焦躁吧。这样一想，漂撇学长还真是个罪孽深重的男人啊。

"小闺她——"

岩仔斜视着一边哈哈蠢笑、一边大口喝着葡萄酒的漂撇学长，突然神情严肃地来了一句。

不，他只有刚开口的时候神情严肃，接下来的语气简直可以说是无比爽朗，就像是从某种大病当中解脱出来一样，脸上甚至从容地浮现出了微笑。

"她对我说——她会悄悄提前一天回国。"

"啊？"漂撇学长似乎明白了岩仔想说什么，停下酒杯，变得一本正经起来，"哎，也就是说——"

"嗯，重要的是，只要我配合她去东京订个房间，她就会和我一起过夜……这就是所谓的'交换条件'。"

"这不是很好嘛!"

我不知道哪里很好,但漂撇学长极力这么说,竟让我在一瞬间产生了真的很好的错觉。

"可是……我觉得肯定没戏。她八成不会遵守诺言,我已经死心了。"

"不是很好嘛!"

真的吗?

"岩仔啊,已经很好了,这样就很好了。即使知道小围不会遵守诺言,你也要果断地前往东京,然后订个房间,独自在套房里等待不会来的她。"

"什么啊。你是白痴吗?"

"正是得不到回报的结果,才能赋予人生价值,给予人生快乐。"对于沉醉在自己滔滔不绝的演说中的漂撇学长而言,高千的奚落连个屁都不算。"岩仔啊,一起加油吧,努力成为供女人们使用的'消耗品'吧!"

"哈哈哈。"岩仔不见得同意这番话的内容或者思考方式,但对他来说这番话似乎在某种形式上拯救了他,"我觉得自己精神多了,心情也愉快多了。"

"不是很好嘛!"

又来了,总是这一句。

"哎,我都快吐了。男人的自恋情结真是差劲透顶。"高千用足以冻死人的冰冷声音插嘴道,"这种观点反过来说就是将女人物化,披着骑士精神的外衣,给了女权主义一种扭曲的出发点,进而成为男尊女卑思想的温床,你们真应该好好去了解了解封建主义的历史——唉，算了，去他的。"

不知是嫌麻烦还是搞不清楚自己的演说主旨，只见她高声骂了一句，便闭上了嘴巴，喝干了剩下的葡萄酒，然后把视线投向我。

我有种不祥的预感，而这种预感往往不会落空。

"算了，现在才啰啰唆唆地责备你们犯下的过错也于事无补。问题是从现在开始，你们到底打算怎么办？"

"什么啊。"漂撇学长的演说语调消失了，又恢复了平常的声音，"你倒说说我们应该怎么办？"

"那还用问？当然是履行'约定'啊。"

"约定？什么约定？"

"负起妨碍搜查的责任，解决这个案子啊。"

"哎，高千，这和你刚才说的话不是矛盾吗？要想解决案子，首先必须要知道被害人的身份啊。"

"是啊！所以当然要从调查被害人的身份开始啊。"

"喂喂喂。警察手里握有被害人的相关情报，但我们手里却一无所有——刚才是谁亲切地告诉了我们这个严酷的事实？这种事我们怎么可能办到？"

"哎呀？是吗？你们好好想想，有一个情报警察不知道，但你们却知道，不是吗？而且还是非常重要的情报哦。"

"你是指……"漂撇学长似乎看出了高千话中的玄机，口吻与表情渐渐变得真挚，"真正的犯罪现场是小闺家——这件事吗？"

"聪明。换句话说，被害人很可能与小闺或者她的家人有关。这件事我们知道，警察却不知道。所以，只要从这方面入手调查——"

"可是，高濑……"岩仔战战兢兢，显得很不安，但又不吐不快，"小闺说她从没见过那个女人，我想应该是真的——"

"那个，我不是故意要为难你，你冷静听我说——"

高千的语气极为认真，甚至到了让人发笑的地步。在喋喋不休的过程中，她似乎从心理上把自己也完全给卷了进去。

"小闺的话是真是假，我们现在完全没有可以做出判断的依据。"

"可是……可是，也没有理由怀疑她啊。"

"其实有理由。岩仔，你好好听我说。这个理由就是小闺无论如何也要把尸体搬出她家这件事本身。"

"可是……"

"这是我的假设，你听听就好。假定十五号晚上，小闺与我们道别之后回到家中，而被害女性就在那时找上门来，然后因为某些情感上的冲突，小闺失手杀死了她。"

"高、高濑……这未免……"

"所以我说这只是假设。小闺惊慌失措，因为要是尸体就这样在家里被发现，杀人之事便会百口莫辩，一目了然。比方说，被害人和小闺很熟，周围的人也都知道她们两人不和，因此小闺无论如何也不能把尸体就这样留在家里，无论如何也不能让人知道她家就是犯罪现场。"

"可、可是，小闺她……"

"嗯。她不想毁了期待已久的佛罗里达之行——以此为借口，要求岩仔的协助。我想你当时也一定被小闺这无理而又任性的要求给惊呆了，但又觉得这很符合小闺的作风，对不对？"

"嗯嗯，没错……"

"是吧？就连我们听了之后，也觉得这很像是有点以自我为中心而又不谙世事的小闺会有的想法。但是，她想把尸体弄出自家的真正理由，也许并不是这么的天真单纯。明白了吗？说不定她这么做，是因为害怕事态的发展会令她对自己是凶手这件事无从狡辩。"

"好吧，这也是一种可能性。"漂撇学长替想反驳但又想不出有力理论而苦恼不已的岩仔解了围，"说到可能性，被害人也可能与小闱本人无关，而是和她的父母有关——这种可能性也是存在的啊。是吧？"

"啊，是、是啊。"岩仔的瞳孔就像太阳一样闪闪发亮，"是、是啊，也有这种可能性。"

"滨口夫妇当晚去亲戚家守夜，不在家里，而被害人可能并不知道此事，于是去找他们其中一人。"

"等等。"高千的语气很慎重，但和平时死人一般的面无表情相比，已经显得相当有生气了。看来她也开始全身心投入到这场讨论中了，我还是第一次见到这样的她。"即使事先不知道滨口夫妇不在家，但实际上只要一到她们家就立马能发现这个事实，不是吗？但为什么她没有打道回府，而是特地跑进没人在的屋子呢？就算小闱粗心地忘了锁好门窗，导致落地窗开着，也不至于这么做吧？"

"会不会是因为她有什么东西要给滨口家？她看见落地窗开着，就走进客厅把东西放好再走。"

"可是，她没有带任何行李之类的东西吧？"

"所以说，东西应该是被强盗带走了。"

"什么啊？强盗？为什么突然跑出来这样一个角色？"

"当然是作为杀人凶手啊。因为想把东西放到滨口家，于是走进客厅的被害人正好和侵入滨口家的强盗打了个照面。双方都很惊讶，因为两人都以为家里没人。被害人大声尖叫想要逃跑，但强盗不能让她逃走，于是情急之下失手打死了她。"

"不、不错嘛。"只要不说小闱是凶手，任何假说岩仔都支持，此时的他就像是在鱼店前赞叹生鱼片的鲜度一般,"说得好,学长,就是这样,一定是这样,这就是正确解答。"

"被害人的头发被剪断一事,又该如何解释呢?"

我只是漫不经心地随口提出了这么一个自然而然涌现出来的疑问,没想到吧台边的三人却一齐对我投以责怪的眼神,害我忍不住向后退。我的背部碰到了橱架,餐具互相挤撞的刺耳声音微微传来。

"这个嘛……"漂撒学长的视线在空中逗留了片刻,然后"砰"地拍了下手,"当然是强盗干的啊。"

"或者是小闺做的。"虽说只是可能性之一,但高千还是执着于小闺是凶手一说,"不管怎么说,总之一定是杀了被害人的凶手做的。"

"可是,为什么要做这种事呢?"

"什么?"

"就是理由啊。剪断她的头发,又特地脱下她的丝袜,把头发塞进去的理由。我在想,凶手究竟为何要这么做呢?"

这么一说,这种行为显得更加诡异。不只是我,眼前的三人似乎也有同感,露出毛骨悚然的表情面面相觑。

"问题是那束头发……"高千露出了不知该问谁的迷茫神情之后,又突然转向了我。此时的她既非面无表情,也没有挂着恐吓般的微笑,这种说法或许有些奇怪,但她的表情就像是普通的女大学生在聊天一样,我还是第一次见到她的表情如此温和。

"你说过那束头发两端都用橡皮筋扎了起来,是什么样的橡皮筋?"

"什么样的……就是很普通的,没有任何特别之处的环状橡皮筋啊。"

"那条环状橡皮筋是小闺家原本就有的吗?"

"什么？"

"假设这一连串的行为是凶手所做，如果橡皮筋是凶手带来的，那么就有可能凶手从一开始就有制作那种发束的打算。但如果凶手用的是小闺家原本就有的橡皮筋的话，那么对于凶手来说，剪断被害人头发塞进丝袜这一行为，或许是因为当时发生了某种突发事件，导致凶手临时起意，不得已而为之。"

我不由自主地盘起手臂思考起来。高千这意外的一针见血的观点让我佩服。但是，具体是怎么个一针见血法，我也搞不太清楚。

"可是，事到如今也无法确认了。"将关键"证物"丢弃的岩仔似乎是道歉般地朝我们低下头，其实他根本没必要这么做。"那个女人就倒在沙发旁边。而橡皮筋这种东西常常用来绑厨余垃圾袋或者没用完的材料袋，抽屉里放上几条也不奇怪。不过，就算小闺家的厨房里随时备有橡皮筋，也不能确定那条'问题'橡皮筋是不是从那里拿来的啊。毕竟橡皮筋这种东西都长得差不多。"

"对，说得也是。总之，"漂撒学长有些不耐烦地用双手在空中画了个圆，摆出一副要做最后总结的姿势，"这些复杂的疑点以后再说。当务之急是要查出被害人的身份。这一点做不到的话，后面都甭提了。那些具体的问题，留到之后再讨论吧。"

"那现在具体应该怎么做？"

"嗯。听说小闺的父亲是高中老师，有谁知道是哪所高中吗？"

"我记得是海圣学园。"岩仔果然对意中人的事一清二楚，"应该是理科老师，名字叫启司。"

海圣学园是初中和高中连在一起的私立学校，也是县里屈指可数的明星学校。

"海圣啊……海圣的话就有点麻烦了，我在那儿没人脉啊。"

"所以呢？"高千似乎觉得漂撒学长那万分惋惜的口吻十分可笑，以至于罕见地扑哧一声笑了出来，"如果是其他学校的话，小漂你就有人脉了？"

"没错。我的伯母啊，是秋阳女子学园毕业的，现在担任校友会会长。"

"那又怎样？这门路听起来也没什么大不了的嘛。"

"才不是！虽然我那个伯母很啰唆，也很强势，但听说在理事会里说话也挺有分量的。"

事后证明，这个门路的确相当了不起。漂撒学长大学毕业后没有积极就业，正当他为前途而迷茫时，多亏了这个伯母从中斡旋，他才进得了名门丘阳女子学园当国语讲师，不过那是另一段故事了。

"嗯？等等，这么一说，我好像听伯母说过有个老师以前在海圣教书，但因为某些原因被调到丘阳了。好，我让她帮忙介绍介绍那个老师。"

"好是好，但介绍了之后要怎么办？"

"说不定那个老师和小围的父亲很熟，知道他的一些私事。或者就算那个老师本人什么都不知道，但他可以介绍知道的人给我们认识啊。"

"你打算用这种方式调查小围父亲的交友关系？你的目标我明白了，但真有那么好查吗？"

"不试试看怎么知道？不管是哪种职场，都有一大堆喜欢说闲话的人，说不定能收集到意想不到的情报哦。比方说，那个被害女人其实是小围父亲的情人之类的。"

"你是说……外遇吗？"

"不无可能吧？"

"但也有可能是小闱母亲的熟人啊。"岩仔也对事情能否如此顺利进行露出了怀疑的表情,"她母亲那边又要怎么调查呢?"

"唔。母亲那边,哎,这么一说,小闱的母亲也是老师啊,在哪当老师来着?"

"安槻第一小学。"不假思索立马答出来的自然是岩仔,"有传闻说是个相当有能力的老师,而且还是该校历史上第一个女训导主任。名叫秀子。"

"第一小学啊,我在那边完全没有人脉。你们谁有熟人在那里毕业的吗?"

"看我干吗?我们当中只有小漂和匠仔是本地人啊!"

店门上的铃铛发出轻快的叮当声,掩盖了高千的声音。我以为有客人来了,正想说欢迎光临,却被一句精神奕奕的"啊哈"给抢先了一步。

"哇,大家都到齐了啊。"

原来是小兔。她今天像中学生一样扎着辫子,所以更加强化了平时给人的小动物印象,犹如玩偶一般柔软可爱。

"啊!肚子好饿!匠仔,中午特餐还有吗?"

"这个点才来,还好意思问?"

"呜,人家又不是在问学长——啊,岩仔,谢谢。"

岩仔往旁边挪了挪,将高千身边的座位让给了小兔。只见他的表情显得有些僵硬,看来他的脑中似乎还在想着高千是蕾丝边这一说法,并且还在认真地怀疑十五号那天晚上,高千和小兔是否真的共度了激情一夜。

"很遗憾,中午特餐已经没有了,我给你做点别的吧。"

"嗯，那就来份肉酱面吧。"

"这么一说，我也有点饿了。匠仔，给我们也来一份吧。"

漂撇学长还是老样子，没有征求高千和岩仔的意见就擅自点餐。

"啊，那么。"小兔把包放在柜台上，从刚刚坐下的座位上站了起来，绕到厨房里来，"我也来帮忙。"

我没有阻止驾轻就熟穿上备用围裙的小兔。这里的老板虽然比不上漂撇学长，但性格也相当随便，当店里超级忙的时候，就会理所当然地找认识的女大学生来帮忙。他甚至说过这种没有边界的或者说是像在家一般的感觉正是"I·L"的卖点。

所以，正在利索地调制沙拉的小兔，早已是轻车熟路了。当然，她做的不是意大利面或者咖喱饭的附餐沙拉，而是单点的海鲜沙拉。这是她应得的报酬，因此我也默认了。就算老板本人在场，应该也不会说什么。

"啊，对了。"小兔停下正在做和风酱汁的手，轮流且公平地对坐在吧台边的三人露出笑容，"小闱给我寄信了哦。"

呜啊——发出这道如被绞首般奇怪叫声的，自然是岩仔。"真……真的吗？"

"嗯，就在我的包包里，你们可以打开来看看。"

岩仔只是一味呻吟，却迟迟没有伸出手。高千只好一边苦笑着，一边替他拿出航空邮件。

白色的横式细长信封在日本很少见，只见上面用红笔写着"Air Mail"，印有传统美国人形象的男性肖像画邮票，飘荡着异国风情。

寄件人的地址是用英语写的，收件人地址却按照老规矩只有"日本"一词是用英语写的，其余都是用日语书写。小兔租住的屋子地址，在小闱那熟悉的笔迹下井然有序地排列着。

高千像举标语牌一般向大家展示信封后,才从其中取出一沓信纸。

"哎?还有照片寄过来!"

"嗯,小闺很可爱吧?"小兔在我们三人面前摆好沙拉,高兴得像说自己的事一样,"看!那个海岸和草坪很漂亮吧?不愧是佛罗里达,听说那里本来就是度假胜地。"

照片一共有三张。一张是小闺穿着印有某大学标志的T恤在房间里自豪地笑着。一张是在澄澈的蓝天之下,同一所大学的招牌挺立着,而那后面是高尔夫球场般的大学校园。最后一张是瑞秋·华莱士身穿泳衣挥着手,背景是进行日光浴的欧美人聚集的白色沙滩。

高千开始出声朗读起信来。

信中叙述小闺平安到达圣彼得堡之后,瑞秋一家人是如何热情款待她的;又提到她就读的留学生英语学校位于当地大学的校区内,她已完成入学手续,开始上课;校园里的商店有许多印有大学标志的商品出售,她买了件T恤;以及瑞秋带她去沙滩玩的经过,而这周末她还会和瑞秋全家一起去迪士尼乐园等。

内容虽然都是些鸡毛蒜皮的小事,但却充分传达出她度过了一段极为快乐且充实的时光。当然,很明显对于十五号晚上发生的事,她没有提到一个字。

"日期是……嗯,七月二十一号啊。小兔,你是什么时候收到的?"

"昨天。"

"这么说来。"漂撇学长一边从小兔那里接过特大号肉酱面,一边数着指头,"一星期。即使是航空邮件也得花一星期才能送到,不愧是遥远的美洲大陆啊!"

"毕竟佛罗里达半岛在地球的另一端嘛。"高千突然降低音量,转向岩仔,"……她没寄信给你吗?"

"没、没有。"岩仔仿佛担心只要自己一松懈就会在大家面前哭出来似的,勉强挤出扭曲的笑容,"完全没有。"

"也没有给你打过电话?"

"没有。"

"也太冷淡了吧!"

"别、别那么说嘛。小闱一定非常忙。"

"我不知道她到底有多忙,但发生了那种事之后,她怎么还能装出一副若无其事的样子,真不知道她是不是神经接错了。小漂和匠仔就算了,至少她对岩仔你应该有句道歉或者感谢的话吧?"

"你们在说什么呢?"脱下围裙回到吧台座位上的小兔溜溜转着她那双圆圆的黑色大眼睛,"小闱和岩仔之间发生什么事了吗?"

"岂止有事。"当然,高千不是会刻意隐瞒的人。"他们约好要在东京幽会呢。"

"哇!"小兔完全没有觉得震惊,而是单纯的高兴,"怎么?你们什么时候发展成那种关系的?"

门铃声再次响起,没有给任何人回答的时间。"喔!"随着一阵有些大舌头的低沉声音响起,一个微胖的,头发有些自然卷的戴着眼镜的男人走了进来。

"哟,大家都在啊!大家好啊,好啊。"

他是和我们就读于同一所大学的大二学生——小池先生。当然,"小池先生"这四个字是他的绰号。

他的本名没人知道,只知道肯定不叫小池,但真名确实是没人知道。谈到这个外号的流行程度,据说不仅仅是学生,还曾有教授在研讨会中一直用这个昵称称呼他,事后确认点名表时却找不到任何叫小池或者古池的人,极为惊愕。安槻大学里,知道他真名的人估计一个还没有吧。

而我呢,也只知道他的名字读作"yasuhiko",但具体汉字怎么写我也不知道,至于姓氏就完全不清楚了。顺便一提,根据他本人的说法,这个外号从他上小学的时候就跟着他了,因此现在已经完全习惯了。搞不好连他自己都已经忘了自己的本名了。

"啊,匠仔。我要拉面。"

聪明的人或许已经发现,小池先生这个外号的由来,就是著名漫画《小鬼Q太郎》中那个总是端着大碗吃拉面的神秘大叔——小池先生。无论是外貌或者是对于拉面异常执着的嗜好,都活脱脱是漫画角色的真人现实版。

"小池,你要不要吃我的肉酱面?"岩仔好像从一开始就没什么食欲,只是学长强行帮他点了餐,导致现在不好处理。"钱你付一半就好。"

"好,我吃我吃。"他与漫画角色唯一的不同之处在于,他不仅仅非常喜爱拉面,对于其他的面类食物也异常执着。"匠仔的肉酱面真是一绝啊。"

"我也帮了忙哦。"

"真的吗?那就更赞啦!"他一边用筷子大口吃面,一边露出极度幸福的表情,以至于双下巴都抖动起来,"嗯,有小兔的味道。开玩笑的啦!啊哈哈,这家店好像老板不在的时候东西更好吃啊!开玩笑的啦!不不,看来这玩笑一点也不好笑啊。"

"呜,等等。"正在大口吃面的漂撇学长慌忙擦了擦嘴,转向独自坐在四人桌的小池先生,"喂,小池。"

"嗯，什么事，学长？"

"你是第一小学毕业的吧？"

"哈？"他似乎一时之间没有明白学长在说什么，只是不断大口大口地吞着肉酱面，"你说什么？"

"第一小学。你是安槻第一小学毕业的吧？"

"嗯，是啊，怎么了？"

"你在那边有人脉吗？"

"人脉？怎么？漂撇学长你想再回小学念书吗？"

"傻瓜！进公立小学要人脉干吗？"

"要说认识的人也不能说没有，在那里当老师。"

"真的吗？谁啊？"

"我大姐。"

"怎么不早说！"漂撇学长从吧台边的座位上一跃而起，移动到小池先生坐的桌子旁，当然也没忘了抱紧装有肉酱面的大碗。"好，很好，非常好。小池，不好意思，我有件事要拜托你。你知道小围的妈妈吗？"

"你说秀子老师？"

"你连名字都知道？"

"因为她教过我啊，我念五年级和六级的时候，她是我的班主任。"

"越来越好了，好嘞！这件事就交给小池老弟去干吧。"

"到底是什么事啊？"

"你知道栈桥的市民交流公园发现横死女尸这件事吗？"

"知道啊，新闻上播了。这么一说，刚刚我还在看后续报道。说是到现在依然完全没有线索，案子就这样陷入了迷宫，听起来挺惨的。"

"我想让你帮我查查,这个案子在小闺母亲周围有没有引起过特别的话题之类的。"

"好奇怪,为什么要查这种事?"

"好了,照我说的做就好。还有,也帮我查查小闺母亲的熟人中,有没有最近下落不明的。"

"下落不明?这又是什么意思?"

"就是字面上的意思啊。外出不归,人间蒸发,被人绑架或者正巧和人私奔,总之就是这一类女人。"

"女人?这么说来,带把儿的就不用管了?这道指令果然很符合学长的风格。"

"你在说什么鬼话!你要充分利用你姐姐的人脉以及你曾经是那里的学生这个事实,给我彻底地调查。懂了吗?"

"懂了。"小池先生转眼间就扫完了一大碗面,心满意足地擦着嘴。他含着冰水里的冰块,咯咯地咬碎,津津有味地咀嚼起来。"虽然我不知道是怎么回事,不过听起来好像很有趣。学长,这果然和你刚才说的栈桥公园尸体遗弃事件有关吧?你想调查那起案子吗?"

"这些事小池你不知道最好。"

"啊啦?不必这么冷淡吧?你刚刚才任命我担任调查员啊。"

"头脑和手脚的关系你懂不懂?分析收集来的情报,是我的工作。你只要当好我的手和脚,努力办事就行。知道了吧?"

"头脑?学长吗?"

"什么啊,你那表情就好像潜水员在海里掉了氧气罩一样,有意见吗?"

"不,没有。不过,这个案子好像很棘手,不是吗?"

"没错,是很棘手,所以才要我这个'日本之脑'出马啊。"

"整件案子充满了神秘色彩。啊！对了，你们知道吗？与尸体一同发现的丝袜里塞着毛发——

"那束毛发，好像不是被害人的，是别人的。"

小池先生所投出来的"炸弹"所带来的反应，就像真的有什么东西爆炸一般强烈，我从未体验过如此强烈但又"嘈杂"的沉默。

"小、小池……"

"怎、怎么了，学长？"小池先生终于察觉到店里被异样的气氛给包围了，他怯生生地环顾四周，"大、大家都……都怎么了？表情怎么这么可怕？"

害怕的不只是小池先生，还有不知内情的小兔。我们四人的反应实在太过火了，导致她就像想从敌人那儿逃脱的兔子一般紧张。

"小池，你刚刚说什么？"

"哎？啊，是说栈桥公园发现横死尸体的事吗？就是一起发现的那束头发好像并不是被害人——"

"你怎么知道？"

"不是我调查的，是电视新闻说的。我刚才不是说了吗？事件的追踪报道——"

"匠仔——"

无须学长怒吼，我已经打开了电视开关。但是，午后新闻好像已经全部播报完毕，无论转到哪个台都没有事件的后续报道。

"我听说的是，那束头发的DNA鉴定结果还没出来，但是被害人的头发和那束塞在丝袜里的头发，不管是外观颜色还是触感都完全不一样。还有，那是叫切口吗？在显微镜下观察后发现，被害人的头发与那束头发的断面完全不一致。所以，几乎可以下定结论，那并不是被害人的，而是另外一个人的头发——"

我们为了亲眼并亲耳确认了小池先生这一番话，不得不等到了当晚的新闻时间，但就内容而言，我们并没有在他说的基础上获得更多的信息。

"假如这样的话——"最先恢复冷静的高千用默背诗词一般的语气自言自语，"那被害人的头发到底在哪儿？"

"你问我，我问谁……不过新闻里说有可能是被凶手带走了。"

"为了什么？究竟有什么必要把那种东西带走？"

"这点只有问凶手才知道了。"

"既然是别人的头发，那也就表示除了被害人以外，还有别的女性的头发也被剪了。"

"不一定是女人吧？搞不好是个留长发的男人。啊，我并不是要挑高濑的语病，是新闻里说不一定是女人的。"

"那个不知是男是女的另一个人现在怎么样了？果然也被杀了吗？"

"这个嘛……天晓得。"

一种和刚才炸弹爆炸时不一样的，带着点阴郁的沉默气氛降临。

"啊，对了，虽然和这件事完全没关系。"

我想，小池先生大概是想把在座的气氛给稍微缓解一下，才挑了个自以为无关紧要的话题。

"有人知道宫下学长在哪儿吗？"

"宫下学长啊。"回答的是小兔。她似乎也深信这个话题比刚才的要无关紧要得多，因此解除了紧张，换回了悠闲的语气："回老家了哦。"

"哎？不会吧？"

"怎么不会。呜，这是之前，十五号来着？我们一起喝酒的时候他本人说的。他说他后天——也就是十七号会回老家,一直要待到九月初。"

"就算他这么说过,但现在他老家的父母给我打电话说联络不上儿子。"

"哎?怎么回事,联络不上?"

"宫下学长租的房子,哎,叫什么名字来着?"

"安槻住宅?"

"对,他父母说打电话到那里却打不通,只有'您拨打的号码是空号'之类的语音信息。他们觉得儿子好像换了个号码,所以昨晚才打电话过来问我,知不知道宫下学长的新号码。"

"他父母问的?真的吗?这可怪了,宫下学长确实说过要回老家,你们都听到了吧?"

高千和岩仔好像还没反应过来,只是耸了耸肩而已。但漂撒学长和我的反应自然不止如此,我俩悄悄对望了一眼,比刚才有过之而无不及的沉默又"炸裂"开来。

无敌恋人

十天后的八月八号,我们又带着各自的"调查报告",再度聚首。

虽说如此,但聚集成员只有漂撇学长、岩仔、高千和我四人而已。今天的"会议"是瞒着小兔和小池先生进行的,因为栈桥公园发现的尸体其实是岩仔从现场运出再丢弃这件事,我们还没告诉他俩。这种"秘密"知道的人越少越好——我们遵守着这个理所当然的原则。当然,我们绝不是不相信朋友,只是没必要随便扩大"共犯圈"。

有关小池先生调查的部分,高千一旦收到报告,就会立刻将详情转达给我们。而站在小池先生的立场上来看,自己调查到的内容究竟有何作用——他自然想亲自确认,这也是人之常情。所以不难想象他会吵着参加会议,否则就不交出调查结果。这种时候,假如"联络人"是我或者岩仔的话,很可能会碍于情面被他说服。为此,我们派出了小池先生从一开始就做梦也不敢讨价还价的强大对手——也就是高千——去接收他的报告。

一向最痛恨被"排挤"的岩仔,这次也不得不将朋友拒之门外,站在"排挤"他人的立场上,他内心似乎颇为矛盾,一副不情不愿的样子。但这毕竟是他自己的"家丑",他终究还是逃不过家丑不可外扬的定律。

如此这般,我们四人便于八号晚上十点集中在了漂撇学长家。

之前说过，漂撒学长特意在学校附近租了一栋独立平房，积极地把自己的住处开放给学生们做集会场所，因此也有人提出异议说这里不适合做秘密会议的场所。不过，万一被别的学生看到我们四人聚集在平时不常去之处，反而会给人留下不自然的印象，所以最后，我们还是决定在这里开会。

因为担心其他学生会突然闯入，我们事先准备了啤酒等，以便可以谎称只是像平时一样吃吃喝喝。没过多久，高千和岩仔几乎是同时到场，而他们见到漂撒学长和我的脸之后，便不约而同地睁大了眼睛。

"怎……"这恐怕是我，漂撒学长还有岩仔第一次听到高千结巴，"怎么了？小漂你的脸？连匠仔都……到底发生什么事了？"

也难怪高千会吃惊。漂撒学长和我身上贴满了创可贴，创可贴下到处露出的是紫色的瘀青和伤痕，就像橡胶制的怪兽假面丑陋地并排在一起。

"没有啦。"虽然眼皮宛如带着单边护目镜一般肿胀，但漂撒学长爽快的笑声中没有一丝阴霾，"只是一点误会，发生了些冲突，完全不必担心，也不用这么难过啦。"

"谁说我难过了？我只是惊讶，惊讶而已。"

"到、到底怎么了？"见漂撒学长和平时一样一副若无其事的样子，岩仔也稍稍安心下来，"简直像上演过全武行一样……"

"我和匠仔并没有吵架。"

"那是怎么回事？我话说在前头，可别胡扯什么两人一起跌倒之类的鬼话。"

"唉，其实不是什么光彩的事情，有些难以启齿。"当然，漂撒学长的样子和他说这句话的语气正好相反，一点也不显得难以启齿，

"我们是单方面被揍了。"

"被揍了？被谁？"

"山田一郎。"

"啊？"

高千皱起眉头，像是有股东西腐败的气息扑鼻而来一般。漂撒学长说出来的这个名字实在是太像假名或者是记号名了，但世界上还真有叫这个名字的人存在。

"等等，小漂，你不会在开玩笑吧？"

"当然不是开玩笑，你看，我连名片都拿了。"

"名片？被揍了一顿，还能找对方要名片？"

漂撒学长展示的名片上印有"格兰地股份有限公司财务课长山田一郎"的字样。岩仔歪着脑袋端详了一阵，不一会儿便低声叫了出来：

"啊，这个格兰地该不会就是那个吧？之前闹得很大的'整顿业者'……"

"整顿业者？那是什么？"

"我也不是很清楚，好像是专门替经营不善的公司接手财务工作。"

"然后呢？重建将要垮掉的公司吗？"

"才不是呢。正好相反，是乱开空头支票，进行计划破产。当然，他们会事先安排经营者潜逃，借此大捞一笔。"

"什么啊？简直就是欺诈嘛！"

"就是欺诈，票据欺诈。"

"做这种事不会被抓吗？"

"我也不是很清楚，这里面一定有什么玄机，应该是用了什么方法使得债权人无法追究他们的责任吧。只要推说大量的空头支票是潜逃的老板要他们开的，警察也拿他们没办法啊！"

"毕竟还有民事不介入原则嘛——原来如此，是干'那一行'的人啊！"漂撒学长悠闲地摸着鼻头，一副事不关己的样子。但他的手指似乎不小心碰到了伤口，痛得让他皱起了眉头。"我还以为是普通的上班族，心想年纪轻轻就当上了课长，还真是厉害啊。"

"这不是佩服的时候吧？"与漂撒学长相反，高千显得越来越焦急，甚至恨不得在学长的伤口上撒把盐，"总之就是，小漂和匠仔被小流氓给揍了一顿，是吧？"

"没有啦，这和小流氓还是有区别的吧？不管是行动原理还是基本职业形态。说归说，其实我也不太清楚。"

"这些都无所谓了。"高千就像敲门一样，用手指关节突起的部分缓缓地敲击着桌面。对于漂撒学长的窝囊行为，她的忍耐似乎已经到了极点。"比起这个，到底发生了什么事，快给我说清楚。"

虽然重要的调查报告不得不因此推后，但现在看来，如果不把漂撒学长和我碰上山田一郎这件事的经过说清楚，会议恐怕无法继续进行下去了。

那我就来简略说明一下这件事的前因后果吧。

事情发生在今天下午。漂撒学长和我决定在今晚会议之前顺便调查一下宫下学长的事情，于是我们去了"安槻住宅"。当然，我们很清楚宫下学长已经搬走，不在这栋厅厨一体式公寓中了。即使漂撒学长再怎么对学弟学妹们的动向了如指掌，但没有规定说搬家之前必须先向他打报告，因此宫下学长搬走这件事也没什么可疑的。

不过，宫下学长和自己说的相反，并没有回老家，而他的父母又因为联系不上儿子而担心，那么事情就不一样了。虽然我觉得宫下学长应该只是临时改变了决定，而又忘了和家里联络，但站在我们的立场上来看，以防万一，至少应该知道一下他的新住址，这样才能安心。

就这样，漂撇学长和我便一同拜访了位于"安槻住宅"一楼的管理员室，打听消息。

结果，我们得知宫下学长是在七月十一号搬走的，可以说这是件相当值得注意的事。

为什么这么说？因为我们是七月十五号以小闺饯行会的名义一起喝酒的，距离他搬家仅仅过了四天，为何这个刚刚出炉的新闻在当时没有成为话题？明明是绝佳的下酒菜啊！

当然，如果只是那一晚，还可以说是宫下学长忘了提起这事。但在那之后，校园里的朋友，甚至是老家的父母都没听说过他搬家之事，因此，只能认为宫下学长是存心不说的。

"……到底是怎么回事？"管理员遗憾地表示，宫下学长并没告诉他搬到哪里去。漂撇学长在向管理员道谢并告辞后，歪着脑袋说道："就好像是宫下那小子故意不想让人知道他搬家了啊。"

"不是像，我觉得事实就是如此。"

"但是，为什么呢？"

"天晓得……"

"干吗搞得这么神秘？简直就像是潜逃一般……难道？"

"难道什么？"

"难道宫下那小子借了一大笔高利贷，还不出来……"

"我虽然没经验，不太清楚这种事。但要借那种钱，不是必须出示身份证明文件之类的吗，比如驾照或者保险证什么的。假如这样的话,这些文件上不是都记载了户籍和老家所在地吗,光是从租的房子逃跑,应该没有意义吧。"

"嗯……而且还需要连带保证人什么的吧。不,其实我也不太清楚这些东西。"

漂撇学长的语气难得如此缺乏自信,看来他似乎完全没有向金融业者借钱的经验,因为他的拿手绝活就是以募捐的名义向学弟学妹们要钱。

"要是他真捅出了这种娄子,他父母也不会完全不知情吧。应该不是因为高利贷连夜潜逃吧。"

"那是因为什么?"

"呜……是什么呢?"

离开之前,我们再次爬上楼梯,前往三〇五室。但那里似乎已经住进了新住户,嵌着铁栏杆的窗户上挂着崭新的窗帘。当然,即使没挂窗帘,可以看见里面,应该也没任何用处。

"这个姓氏还真少见啊。"漂撇学长一脸狐疑地看着三〇五室门牌下嵌着的写有"梧月晦"的名牌,"到底怎么念来着?"

"HINASHI……是还借款的意思吧。"

"匠仔,你是不是以为我不懂汉字就随便乱说?"

"我记得确实是这么念的,但你这么一说我又不敢确定了。"

"邮差也真是辛苦啊,这种姓氏如果不用假名标注一下的话——嗯,等等。"

漂撇学长突然跑下楼梯。

"怎么了?"

"邮件啊,邮件。宫下搬走还不到一个月,说不定寄给他的邮件还会被送到这儿来呢。"

"一般来说，至少他应该已经提交过住所变更申请了吧。"

"有可能他忘了提交呢。"

"那又怎么样？"

"也许那小子的邮箱里面有什么东西可以成为线索啊。"

这个期望也太乐观了，天底下哪有这么巧的事？再说，就算我们走了狗屎运，真有这种邮件，身为第三者的我们也不能擅自拆封吧。

然而，漂撒学长似乎已经完全麻痹了自己的良心。他站在楼梯旁的邮件柜前，没有任何迟疑地打开了三〇五室的邮箱。

漂撒学长无视心惊胆战的我，摸索了片刻，但里面似乎只有传单之类的东西和寄给新住户梧月晦的邮件。不一会儿，一无所获的漂撒学长便放弃寻找，死心返回。

就在此时——

"喂，你们两个。"

一道响亮的男高音叫住了我们。仔细一看，一个身穿不知是阿玛尼还是范思哲牌昂贵西装的男人站在我们面前。他的年纪还很轻，与漂撒学长应该相差无几。

"你们两个。"

男人的眼睛藏在浓威士忌色的银框眼镜之后，但他并非直接横着移动眼珠，而是先往上绘出半个圆形后，才缓缓地轮流注视漂撒学长与我。当然，他的黑眼珠转动时会形成"三白眼"，这种眼神有加倍威吓对手的效果。

"你们在那里干吗？"

"不,没什么。"就算是脸皮很厚的漂撒学长,遇到这种突发状况,声音也变得含糊起来，"没干吗。"

"你们是住这儿的吗？"

"啊？"

"我看不是吧？你们不是这里的住户吧？"

这个时候我还以为这个穿西装的男人是三〇五室的新住户梧月晦，而他是在责备我们随便翻弄他的邮箱。

"哎，嗯，我们不是……"

"你们是学生？"

"对，对。"

"安槻大学的？"

我们还搞不清楚状况，正在支支吾吾之际，背后传来了一道似乎是因为感冒而导致的沙哑声音："你们还不快点回答。"

回头一看，一个梳着茶褐色飞机头、戴着墨镜，甚至连胡子和鬓发都染成茶褐色的年轻男人站在那儿。他也是穿着西装打着领带，但散发出来的却是尖锐的战斗气息。

我们在狭窄的楼梯旁被两个凶恶的男人前后夹击。

"你们是安槻大学的吧？哎？"梳着飞机头的男人用充满压迫感的粗鲁声音说着，粗暴地揪住离他最近的我，"你有事找这里的住户是吧？问你话你最好快点儿回答，听到了没？"

我根本没法回答。我被飞机头勒住脖子，卡住喉咙，根本发不出声音。我一呻吟，后脑就会被他往铁制邮箱上撞。

"听不见吗，小子？"

我不禁闭上了眼睛，带着焦臭味的火花在眼皮内侧形成旋涡并且四散开来。

"说话啊，小子。"

"别动粗。"漂撒学长试图介入我们之间，"有话好好说。"

"是哪一个啊，你们？"银框眼镜男揪住漂撇学长的胸口，硬将他转向自己，"啊？"

"你说什么？"

"我问是哪一个！"

"什么意思啊？"

"还敢问我是什么意思！"

银框眼镜男露出了像是在厕所用力大便一般的恐怖表情。就在此时，漂撇学长吐出一口气，身体向前弯曲。虽然从我的位置看不见，但似乎是银框眼镜男对着他的肚子揍了一拳。

"还敢装傻！喂，过来——喂，荣治，够了，把他拖过来。"

"哎，呜，拖哪一个？"

"两个都拖过来。"银框眼镜男没有回头看那个叫荣治的飞机头年轻人，迅速地迈开脚步，"真麻烦！"

漂撇学长和我真的就如字面上所说的被拖出了这栋建筑物，然后被强行塞入了停在"安槻住宅"前的黑色奔驰后座。

"等等——"

奔驰的副驾席有个烫着小波浪的短发女子跷着腿坐着，看起来很男孩子气，或者该说是男人气。或许因为烟雾缭绕的缘故，又或许因为角度问题，她看起来既像二十多岁又像四十多岁，总之短发女子身上弥漫着一股颓废慵懒的气息。

"讨厌，这种时候惹麻烦。"女人表现出很明显的厌恶感，就像在看包裹一样瞥了我们一眼，"你们一定要动手的话，拜托选个我不在场的日子。"

"真啰唆。"银框眼镜男大喝一声，同时推了推女人的肩膀，"你来！"

"哎？你该不会是让我来收拾这俩家伙吧？"

"不是，我叫你开车。快照我说的做，有人来了。"

"真是的，就知道我行我素。"女人一边发牢骚，一边用高跟鞋的鞋跟踩灭了烟头，然后走出了副驾席。这种季节她居然穿着黑色丝袜，一双充满肉感的腿从粉红色迷你裙下伸出。"知道了，知道了。去哪儿？"

我们被带往郊外一座已经废弃的加油站，周围只有老旧的木屋和田地，没有铺柏油的路上完全没有车子通过的迹象，简直是荒无人烟的地方。

"好了，是哪一个？"

银框眼镜男交互蹬着被拉出奔驰车的漂撇学长和我。

我们不知该如何回答，只能互换眼色，这似乎惹恼了银框眼镜男。他往前走了一步，突然一拳打在我的腹部。

"匠仔！"

漂撇学长的怒吼声传入我几乎麻痹的大脑角落。我反射性地用双手护住腹部，感到自己的胃因为受到冲击，像坐电梯一般往食道冲去。

但是银框眼镜男完全没有要手下留情的意思，依旧是一脸用力大便的可怕表情，并用双眼死死地盯着我的脸，然后嘲笑般地轻松拨开我护住腹部的双手，连续用拳头殴打我的腹部。

"住手！"

银框眼镜男在打人的时候，似乎无须用眼睛确认，而是直接用身体就能读出对方的防御模式。看来，他相当擅长打架。当然，这些分析都是事后得出的，此时的我根本是沙包状态。

"匠仔！"

每次被打中腹部，我都下意识地踩住脚，以免倒下。这种逞强的行为对我来说只能徒增伤害，完全没有任何好处，这正是不习惯暴力之人的悲哀。对方的攻击直到我双膝自然跪地，身体倒下去之后，才终于舒缓下来，多亏这样我才真正明白了这个道理。

"要是你们两个都想被打到站不起来，我也无所谓哦。要是不想的话，就给我乖乖说出是哪一个。"

银框眼镜男用脚尖踹向已经倒在地上的我的腹部，就好像是自然生长出来的一般，那脚尖完美地嵌入肉中。比起疼痛，我更多的是吃惊，不禁像要被强暴的女孩一般发出惨痛的悲鸣声。

"住手！别打了！"

当然，疼痛随后而来，而且相当剧烈。我忍不住像乌龟一样弓起背部，拼命护住腹部。但银框眼镜男早就看穿了我的防御动作，宛如玩弄老鼠的猫一般，从容地拨开我的防御，实打实地用脚往我身上招呼。有时候他的脚并不是踹肚子，而是往脸上来，我想这并不是他踢偏了，而是故意的。

"住手！立刻住手！"

漂撇学长想要勇敢地来救我，但一有动作就会被荣治打脸或者踹肚子，一样浑身是血。

"够了吧！别再打了！别打了！"

"这么说来，"银框眼镜男犹如在跳古典芭蕾一般，上踢的脚尖突然停滞在空中，"你承认是你？"

"啊，是我，虽然不知道你们在说什么，总之是我，所以别再打他了。"

"很好，你有种。"

银框眼镜男扬了扬下巴，这似乎是个暗号，只见一直从背后制住漂撒学长的荣治退到了一旁。

这么说可能有点奇怪，但银框眼镜男就像跳脱衣舞一般装模作样地脱掉西装外套，接着又拿下眼镜一并递给荣治，露出一双意料之外易于亲近的圆眼睛。

一旁的荣治就像是抱着供品一般小心地抱着银框眼镜男的外套和眼镜，然后退到奔驰车旁边准备"观战"。

边上的超短裙女人依旧倚着黑色车身，百无聊赖地抽着烟。她的态度仿佛是在说，这场闹剧根本是在给她添麻烦，浪费她的时间。

拿下眼镜的男人眯起眼，直盯着漂撒学长的脸，然后缓缓靠近他，如果从他的视线固定之处来判断的话，他应该会从右侧攻击漂撒学长的脸，然而实际上他却从左侧挥拳攻向腹部。这种假动作似乎是他的习惯。

然而，这种小伎俩对于漂撒学长来说根本毫无必要。学长只是垂着双臂，完全没有要保护自己身体的意思。

当然，男人并不会因为对手毫无抵抗之意就手下留情，而是一拳接一拳地猛烈攻向漂撒学长的腹部。

铁拳，脚尖，各种招式层出不穷，漂撒学长转眼之间就遍体鳞伤了，就像任飓风翻弄的纸船一般。

这光景简直惨不忍睹。我甚至开始认真地思考一个人被打成那样还不会死吗？不，换成其他人的话，估计已经死了。

眼前是如此恐怖的景象，但我却无能为力。虽然脑子里知道应该想办法帮漂撒学长一把，但身体却无法移动。因为现在的我也像块破抹布一般，脸贴着水泥地悲惨地呻吟着。

不，并不只是肉体上的伤害。最大的原因还是，我第一次被卷入这种真正的暴力行为之中，心灵已经因为恐惧而冻结。

"你听好了!"

铁拳风暴到底持续了多久?我也不知道具体的时间,只见男人气喘吁吁地揪住漂撇学长的胸口。

"要是不想再吃苦头,以后就别再、别再干混账事了,听到了没?"

"混账事……"

虽然声音沙哑,但漂撇学长的口齿仍然相当清晰,令我大为惊讶,因为我做梦也没想到他居然还有力气说话。

"具体是指什么事啊?"

"啊……"

男人似乎比我更为惊讶,一瞬间,他那因充满敌意而显得相当尖锐的眼角松弛下来,黑眼珠缩得跟针孔一样小,但随即脸上又恢复了凶恶的愤怒。

"你这浑蛋,居然、居然还敢耍嘴皮子?"

"我、我只是想确认一下。到底,这是怎么回事?愚见以为,还是先请教一下比较好。"

"你真啰唆!"

男人的铁拳又如雨点一般落下,但不知何故,他也失去了刚才那股刻薄的冷静。

铁拳和膝盖踢都和刚才一样正中目标,但男人却仿佛招招落空一般,显得焦虑而又狂躁。

对于无力反抗、遍体鳞伤的对手,为何如此亢奋?对此感到不可思议的不止我一人。只见保管外套和眼镜的荣治显得相当不安,女人的表情也从烦闷变为双眉紧锁,静观事态的发展。

"浑蛋,浑蛋,浑蛋,浑蛋!"

男人眼球充血,一副龇牙咧嘴的样子,一拳接一拳地命中漂撇学长。

我突然发现。漂撇学长虽然的确没有抵抗，但每当那男人攻击胯下等要害部位时，他便会巧妙地扭动身体，故作跟跟跄跄的姿态，用身体的其他部位格挡，漂亮地避开。

不光如此，即使再怎么挨揍，他也不会像刚才的我那样硬是站住脚，而是保持两手耷拉下垂的姿态，尽可能地分散冲击并加以吸收。

"你、你听好。在我面前，别再，别、别、别再耍嘴皮子！"

"不，这个嘛，就是说请一定要告诉我我到底做过什么混账事，说过什么混账话，就算是我也不能随随便便就做出承诺……"

"这、这个臭小子，还……"

可能是被漂撇学长那不合时宜的悠闲声音给激怒了，那男人的眼球变成了分别向左右两个不同的方向看去。

"我、我要杀了你！"那男人越来越激动，挥拳的动作也越来越大，打偏的次数也越来越多，"一定要杀了你！"

"在那之前，请务必告诉我理由——"

"啰唆！"

就这样，不知何时太阳已经下山，这种胶着的状态究竟持续了多长时间？

男人因过度疲劳，头发散乱不堪，领带也歪掉了。只见他满脸是汗，就像被人从头上浇了一桶油一样。

"啰、啰唆！"

即使再怎么大吼大叫，但他已经气喘吁吁，膝盖发抖，早已没有了最开始时的压迫感。老实说，非但不可怕，反而让人觉得悲哀。

"你给我闭嘴！"

现在这个男人就像拙劣的舞者在舞厅里跳舞一样缩腰翘臀，每当他挥拳殴打漂撇学长时，自己的身体也宛如被手腕拖动着，一副狼狈相——东摇西晃，眼神空洞。

另一方面，漂撇学长当然也是遍体鳞伤，体无完肤，但和那个男人相比，尚可说是精神奕奕，和一开始并无多大区别。虽然他流着鼻血，眼皮也肿了起来，但一张嘴巴仍然元气满满，最重要的是他的精神完全没有受挫。

甚至，漂撇学长还有余力露出笑容，而他的笑容宛如恐怖电影里从墓地苏醒的僵尸一般，给予男人近乎恐怖的压力。

仔细一想，漂撇学长遭到如此痛殴，但膝盖却从未落地，而是一直站着，只能说太能扛了！我不由得再次对漂撇学长超人般的强韧——或者该说迟钝更加贴切——感到惊叹不已。

这么看来，简直分不清被打的究竟是哪一边。

"山、山田老大……"荣治似乎比我更深切地感受到了漂撇学长的强韧之处，以至于声音里带了哭腔，"没、没事吧？"

"白、白痴！说什么呢？当然没事。这种家伙我一只手就能干掉……荣治，你干吗？你别过来，不许插手！"

"可、可是……"

"这家伙，由我来……"

这男人大幅度挥动手臂，但他已经到极限了，作为支撑的膝盖突然弯下来，宛如一脚踩进烂泥地里似的跌了个狗吃屎。

"山、山田老大！"

看到眼前这令人不敢相信的一幕，荣治一边发出悲鸣一边奔过来，而男人似乎连制止他的力气都没有了，就这样趴在地上，发出类似冒泡一般的呻吟声。他早已筋疲力尽，而这一跤更像是一直紧绷的弦断了，让他连站都站不起来了。

就这样,说来简直可笑,漂撇学长在完全没有反击的情况下战胜了那个男人。不,用战胜来形容似乎不太恰当。但那男人已经趴在地上,而漂撇学长虽然摇摇晃晃但至少还站着,看到这幅景象,不管是谁都会抱有相同的印象吧。

"可、可恶……"叫山田的男人一边在搀扶下站起来,一边像是在说梦话般喃喃自语,"荣治,你、你上。"

"哎……哎,哎?"荣治似乎没有明白男人的命令是什么意思,轮番打量着山田和漂撇学长,"那个,是叫我吗?要我去揍他?"

事到如今,在荣治的眼里,漂撇学长估计已经是比僵尸还要恐怖的存在了。这应该是他第一次对老大如此直白地展现出不情愿的脸色吧。

"当然啊,怎么能就这样放过宫下这个臭小子!"

"可、可是……其实我现在有点儿感冒,呵呵。"

"嗯?怪不得从刚才开始我就觉得你的声音有些怪怪的——白痴,感什么冒!快给我上!"

一直在沉默观战的女人,突然打断了又开始说关西腔的男人。

"等等,等等。"

她熄灭刚刚点燃的烟,把手放在穿着超短裙的腰上,慢慢靠近两个男人。

"搞错啦。"她一脸啼笑皆非的表情,用下巴指了指漂撇学长,"他不是。"

"什么?"

"我说你认错人了,他和那边那个小子都不是宫下。"

"喂喂,露咪……你在说什么啊?"

惊讶成了最好的强心剂,本来腿已经完全软掉的山田一下站了起来,差点儿把荣治给撞飞。

"所以说啊,你们搞错啦。"

"事到如今,你还在说什么?你刚刚从头一直看到尾,究竟在想什么?"

"我也不知道啦。"

名叫露咪的女人似乎闹起了情绪,但又一脸淘气,让人觉得她即将展现出蛊惑性的笑容,只见她轮番打量着山田、荣治、漂撇学长以及我的脸。

她撩起烫卷的短发,真的笑了出来。只是并非我想的蛊惑笑容,而是扑哧一声,强忍住爆笑般的笑法。

"我还以为是因为你心情不好呢!之前你不是大发脾气,说有帮年轻人拿了哪家公司的支票以后就跑了吗?我还以为你是逮到他们才下手痛扁的。"

"我们是冲进'安槻住宅'把这两个小子给带出来的,不用想也知道我们要干什么吧?"

"为什么?宫下早就搬走了,我应该说得很清楚了啊。"

"话、话是这么说……"

根据事后听说的来判断,山田等人似乎是开着奔驰偶然经过"安槻住宅",在通过建筑物的时候又正好看见漂撇学长和我在翻弄三〇五室的邮箱。因此他们误以为是宫下学长和朋友一起返回原先的住处来取邮件,便赶紧停下奔驰,冲进来抓我们。

"那个——"

漂撇学长正在犹豫自己该不该插嘴,因此小心翼翼地打量着山田和露咪。

"你们找宫下到底有什么事?"

"你,"山田从荣治手上接过银框眼镜戴上,并拿出梳子梳理乱成一团的头发,"和那家伙是什么关系?"

"朋友。"

"你们去那小子的公寓干吗?"

"他老家的父母联络不上儿子,很担心,所以我们过来帮忙调查。"

"原来如此。宫下那浑蛋搬家,连你们这些朋友和父母都没通知啊。这也难怪。"山田一边摘下眼镜,用手帕擦脸,一边自暴自弃般地大声笑了出来,"理由你们应该知道了吧?要是被我们逮到,他就得吃刚才那样的苦头,当然怕得不敢跟任何人说啦。"

"宫下到底做了什么?"

"好啦!"山田停下穿外套的手,显得有些犹豫,但最后他还是耸了耸肩,简单带过,"这个问题你去问他本人吧。这对那小子来说是不光彩的事,对我们来说也不是什么值得炫耀的内容。"

"我还以为那小子是借钱不还才逃走的。"

"借钱?"不知道有什么好笑的,这次男人露出了相当从容,甚至可以说天真无邪的,近乎孩子般的笑容,"那倒没有。没有人能从我们手中拿了钱还能逃走的。"

"哼!"露咪似乎对此嗤之以鼻,"真的吗?"

"总之——"不知是不是因为已经完全找回了自我,山田无视露咪的话,"抱歉啦,小哥。"

他对荣治使了个眼色,荣治赶紧把我扶了起来。说来很丢脸,我一直倒在地上呻吟。

"不不不,误会解除我就放心了。"

"这些钱你拿去当医疗费吧,一点儿小钱,不好意思。"

我悄悄看了一眼,山田从厚厚的钱包中掏出几十张一万元的纸币，随手塞进漂撇学长的手中。当然，作为我们两人的医疗费来说，这岂止是小钱，简直是绰绰有余。我想这应该是让我们别把事情搞大的和解费吧。

"还有——喂，露咪。"

"干吗？"

"把你的名片给他们。"

"哎？为什么是我的？"

"别问了，快点儿给他们。"

我正好站得比较近，便从她那儿接过了名片，只见上面印着"丝丽绮俱乐部 阿呼露咪"。

"AKOYA小姐……对吗？"

"吓我一跳。"露咪小姐瞪大了眼睛，吹了声短口哨，"你是第一个没看假名就叫出我名字的人。"

"这家店是她开的，欢迎有空去坐坐。"山田似乎是抓住这个微妙的时机，连遣词用句都变得客气了很多，"啊！当然，我会事先跟她打好招呼，你们不必担心，可以玩个痛快。"

这话的意思似乎是我们不用付钱，这也是和解费的一部分吗？山田又接着拿出了自己的名片，在上面写了几笔，然后递给漂撇学长。

"要是她不在的话，离开的时候把这个给店里的人看一下就行了，请多关照。"

我想这句话应该是"今天这件事就到此为止，一笔勾销的"意思吧。

"——当时收下的，就是这张名片。"

漂撇学长把山田一郎的名片翻过来给大家看。虽然这么说可能有点失礼,但实在无法想象那漂亮的字迹是出自一个干那种粗暴行当的人之手。

"这件事就算了。"高千叹了口气,与其说是啼笑皆非,不如说像是松了口气。大概她也和我一样,深深感叹着漂撇学长那用迟钝和大胆都不足以形容的超常神经和体力吧。"你们两个去医院好好检查过了吗?"

"啊,去过了,不过。"或许是长时间的说明使得漂撇学长有些口渴,只见他拿起一瓶罐装啤酒,"啵"的一声打开。"医生说我们没有看上去伤得那么重——"

"慢着,小漂。"

"嗯?"

"嗯什么嗯?你想干什么?该不会今晚也要喝酒吧?"

"没事,我会克制,不会喝到影响开会的程度的。"

"我不是这个意思。我是说哪有人受了伤还要喝酒的?"

"哎,不行吗?真的吗?"

"嗯,没错。"见漂撇学长哭丧着脸向自己求助,岩仔也只能苦笑,"学长,受伤的时候还是别喝酒了,最好也别泡澡,要是血液循环太快导致血压升高就糟了。"

"啊,我现在开始对那个山田一郎感到愤怒了。"

这么说来,原来漂撇学长到现在为止一点都不生气吗?被人打成这样居然一点不怨恨,只能说实在太了不起了,和虽然恨之入骨却不敢吭声,只能躲在暗处的我相比,简直可以说是大度非凡。

知道因为受伤而不能喝啤酒之后才开始生气,这也是他的可爱之处吧。当然,学长完全没打算开玩笑,他是认真的。

我也一样。请别再说不能喝酒只是鸡毛蒜皮的小事,对于漂撒学长和我这种人来说,这等于是被毁掉了人生。

你们有权力如此残忍地对待我们吗——我还真想对着山田一郎及他的小弟荣治慷慨激昂地说这种三流电视剧的台词。

把我的青春还回来——虽然是开玩笑,但却相当接近我的心情。

"可是,都已经收了人家的治疗费了,现在生气也来不及了吧。"

"比起那个——"

高千交互看着山田一郎和阿呼露咪的名片,皱起了眉头。平时总是面无表情的她露出这种表情,真是性感得和现在的场合格格不入——此时的我满脑子想的都是这种蠢事。我宁愿相信是伤口太疼,导致我的思绪变得散漫。

"宫下学长到底对这个叫山田一郎的人做了什么?"

"嗯,这就是问题所在。既然不是借钱,那到底是什么呢?果然还是只能去问本人吧。"

"不过,我们可能再也见不到宫下学长了,即使到了九月也见不到。"

"这……"岩仔似乎是被这句唐突的话给惊呆了,只见他瞪大了眼睛,说话也变得结结巴巴,"这话什么意思?"

"也就是说,宫下学长可能会就此休学。你们想想,要是山田一郎这伙人真的想逮他,只要等到暑假结束,然后在大学周围撒下天罗地网即可,这是最稳妥的方法。宫下学长当然也很容易就能想到这点,因此从常理推断,除非他乖乖现身把账算清楚,否则他应该暂时不会出现在学校了。"

"或者是等山田他们放弃。不过看他们那样子,是不可能突然大发慈悲,放过宫下学长的。"

"所以啦,我觉得宫下学长可能会就此休学。"

"呜。"漂撇学长盘起手臂,仰望天花板,"搞不好他的新家也不在大学附近,而是在很远的地方呢。"

"事态好像变得很严重呢……"

岩仔忧郁的自言自语似乎成了导火索,有好一阵子都没人说话。或许大家都在从各自的立场出发,想象没有宫下学长的大学生活或者缺少他所造成的心理伤害和寂寞程度吧!

"总之,宫下的事情以后再考虑吧。"漂撇学长如此宣言,拿起眼前已经打开了的罐装啤酒,大喝了一口,似乎在这段沉默的时间里他早已把今晚不能喝酒的戒律给忘得一干二净了。"差不多该进入今晚的正题了吧——各位的调查报告。"

"我先来,可以吗?"

"嗯,拜托了。"

高千拿出一沓报告用纸。我探头一看,上面印满了文字处理机打出的字。

"这是?"

"小池先生做的报告书。"

我忘了说明,别看小池先生那副德行,其实他相当讲究。在他担任联谊会干事的时候,有时根本毫无必要,但他还是会兴高采烈地特意用文字处理机精心设计通知书,然后印刷发给大家,引来众人失笑。

"哟,量还真多,好期待啊!"

"还是别过于期待比较好。"

"哎?"

"因为结论只要一句话就能说清楚了,那就是——毫无成果。"

"毫无成果？不会惨到这种地步吧？"

"毫无成果就是毫无成果啊。简单来说，小闱的母亲滨口秀子周围最近并没有人特意提起栈桥公园的弃尸案件，她的熟人里也没有行踪不明的女性，就这样，没了。"

"仅仅是这个结论的话，报告书不可能这么厚吧？"

"那是因为小池先生打听到许多有趣的事，然后还记下来了。但是，怎么看都和这次的案件毫无关系。"

"有没有关系，不讨论怎么知道呢？"

"是吗？那要讨论看看吗？比如这个怎么样？滨口秀子以前教过的学生当中，有一个叫古山春江的OL——"

"今年多大？"

"呜，上面写着二十五岁。"

"那有可能就是被害人啊。"

"很遗憾，古山春江小姐活得好好的，因为小池先生亲自去见过她本人。"

"哎呀哎呀。"其他人就算了，漂撇学长这么说，只会让人觉得他没有自知之明，"那家伙做事意外地认真啊。"

"这个古山春江有个未婚夫，名叫乘杉达也，二十八岁，在某个大型书店当营业员。这个人的——"

"嗯。那个人的？"

"钱包不见了。"

"神马？"

"乘杉先生在未婚妻古山春江小姐的带领下，于七月三十号前往她的恩师滨口夫妻家玩。而去的时候可以确定随身带着的钱包，回家后却消失了——简单来说，就是这么回事。"

"什么意思？难道那个乘杉君怀疑是滨口夫妻其中之一偷了他的钱包？"

"或者是同时被招待的另一对夫妻偷的。"

"这么说来，还有其他被招待的人？"

"嗯。包括主人滨口夫妻在内，一共有六个人。假如乘杉先生所言属实的话，那么只能认为是当时在场的除了他自己以外的五个人之一偷了他的钱包。"

"然后呢？"

"什么然后？就这样啊。"

"这和这次的案子到底有什么关系？"

"所以我不是说了吗？根本没关系。不过，小池先生好像挺感兴趣的。因为就连乘杉先生自己都觉得，就算抛开私情客观判断，其他五个人也没有理由偷自己的钱包。但这么一来，整件事情的前后关系就说不通了。所以小池先生觉得这事既难以解释又饶有趣味——"

"小池先生对什么感兴趣是他的自由。"漂撇学长拿过厚厚的报告用纸，叹了口气，"真是的，他这种莫名其妙的热情到底是从哪儿来的啊？"

"我借助伯母的人脉，去向目前在丘阳女子学园担任国语老师的我孙子铃江小姐打听的。"

就毫无头绪的热情这一点而言，漂撇学长亦是不落人后；这么认为的，应该不只我一个才是。

"如此这般，我的报告结束了。好啦，接下来换小漂了。"

"嗯，我这边其实也算不上什么成果，不过倒是有个候补人选，可能是那个身份不明的被害人。"

"那就说来听听啊！"

"我看看——"

教人啼笑皆非的是，漂撇学长也将自己的调查结果记录于报告用纸上，只差不是用文字处理机了，而是手写。他有资格说人家过于认真或是热情毫无头绪吗？

"小围的爸爸滨口启司先生，有个女性朋友叫风户景子。"

"风户？咦？怪了。"高千从漂撇学长手中抢过啤酒，一面喝一面疑惑道，"这名字我好像在哪里听过……"

"啊，女的？"

"嗯，虽然年龄已经过了三十，不过长得很——"

"漂亮？"

"应该说。"要是承认的话，会被误解为这是作为男性的自己喜欢的类型，但那位小姐虽然不是选美比赛中那种类型的美女，但却极富魅力，要是不传达出这个事实的话，又怕自己的审美观被质疑。因此漂撇学长似乎左右为难，回答得非常委婉："健康啦，嗯。"

"这么说来。"高千似乎非常理解漂撇学长复杂的心情，浮现出了友善的微笑，"不是你喜欢的类型喽？"

"没有啦。"当然，如此断言的漂撇学长并无任何赌气或者害羞之情，"她很幽默，是个让人想再次见面的人。"

岂止是再见面，漂撇学长命中注定将会和这个我孙子铃江小姐成为同事，而且还一样是国语老师，不过这又是另一段故事了。

"刚才说过，这个我孙子小姐原来也在海圣学园教书，也就是小围父亲的同事。但今年四月，她突然被调到丘阳女子学园来了。我想你们也知道，海圣和丘阳都是私立学校，而且都是初高中一体式教育。说它们相互之间是竞争对手或许有点过分，但两校每年都在竞争考上名牌大学的人数也是事实。再加上私立学校和公立不同，原则上相互间不会进行人员调动。所以大家应该想象得到，我孙子小姐的这次调动可以说非常稀罕。"

"有什么特别的原因吗？"

"有。而且我孙子铃江小姐调动一事，其实和小闺父亲还有那个风户景子有重大关系。"

"啊！"高千低声叫道，并拿起小池先生的报告，"对了，我就说我好像在哪儿听过。"

"什么？"

"风户这个姓在小池先生的报告里出现过。你们看，风户明弘、景子夫妇。"

"哦？"

岩仔和我看着高千放到桌子上的报告，但我的脑子里完全没装进关键的印刷文字，只是迷迷糊糊地想着高千那钢琴家般修长的手指和整齐并列的指甲极为美丽。糟了！受伤的后遗症似乎相当严重。

"刚才说的乘杉钱包被盗案发生时，滨口家招待的另外一对夫妻——"高千轮番看着漂撇学长和岩仔，当她看向我时，稍稍皱了下眉。看来我的表情似乎相当恍惚。"——就是这对风户夫妇。"

"原来如此，不过这完全没有不对劲的地方啊。根据我听说的，滨口夫妇和风户夫妇已经有三十年以上的交情了。"

"三十年？"

"他们从中学到大学一直是同校同级。"

"四个人都是？"

"对,四个人都是四十四岁。"

"看来他们很熟啊。"

"岂止是很熟,他们已经不是家族间的交情,而是已经成了一家人。不过这两年他们却分隔两地。"

"为什么?"

"风户夫妇因为丈夫明弘的工作调动,之前一直住在东京。那个职位坐个几年就能保证升官,也算是荣升吧。不过明弘先生自己不知道是习惯不了东京的水土,还是厌烦了上班族的生活,今年一月份突然辞去工作,回到了安槻。事出突然,虽然景子夫人相当惊讶,但也没有反对。"

"回来以后呢?另找工作了?"

"没有,貌似现在还没有工作。"

"这么说来……"

"看了是想完全脱离上班族,开始自己做生意呢。不过资金似乎很难筹备,很是辛苦。"

"那他现在靠什么生活?失业保险?"

"这就和小漂的父亲有关了。风户景子虽然之前都一直是家庭主妇,但她其实有中学的国语教师资格证。小闺的父亲东奔西走,想让景子夫人进入海圣学园教书。"

"哇。"

"但是问题就在这里。在海圣,其他科目就算了,偏偏国语这科教师人数已满,不,甚至可以说是太多了。别说是正式教师,连临时岗位都不缺人。因此,小闺的父亲就用了非常规手段,甚至是不法手段……"

"等等,该不会和小漂喜欢的那个我孙子小姐有关吧?"

"真的有关。"一瞬间,漂撇学长有些犹豫,似乎是在思考要不要抗议'小漂喜欢'这四个字,但随即又觉得无所谓,便继续说了下去。"从结论上来说,小闺的父亲为了让风户景子去海圣工作,便把我孙子小姐赶了出去,强行制造缺额。"

岩仔、高千还有我不禁面面相觑。这件事冲击性太强,以至于处于恍惚状态的我也终于清醒了。虽然并未直接见过本人,但我们熟识的女孩的父亲,竟然采用这种连电视剧里的坏蛋都觉得用了会丢脸的毫无创意的阴谋手段,实在太过老套,让人不敢相信这是现实中发生的事情。

"当然,小闺的父亲并没有人事决定权,但为了将我孙子小姐从海圣赶走,他确实耍了不少手段。我孙子小姐是个女权斗士,积极组织各种活动,对上司说话也不客气,所以本来校长和教导主任那些人就不喜欢她。"

"所以说,要赶走她很容易喽?"

"对,说穿了就是这样。具体经过是怎么样的,她本人不愿多说,所以我也不太清楚。总之,今年三月份,我孙子小姐调离了海圣,去了丘阳女子学园。接下来不用我说了吧,小闺的父亲推荐了风户景子来接替我孙子小姐。"

"我觉得……很不寻常耶!"岩仔过于惊讶,以至于找不到合适的词汇来表达自己的心情,"就算是三十几年的交情,一般人会做到这种地步?"

"不过,也可能是原本就有基础。也就是说,说不定小闺的父亲原本就和那个我孙子小姐不和,听到回本地的老朋友陷入为了代替丈夫支撑家计而不得不找工作的困境,就决定做个顺水人情。毕竟是每天都不得不碰面的职场,相比一个合不来的同事,还是相知相交的朋友更好——"

"不，其实并不是这样。"漂撇学长干脆地否决了高千这个想象的见解，"他们本来关系很好，虽然教的科目不同，但在工作上的各个方面，比谁都更认可我孙子小姐才能的不是别人，正是小闺的父亲。尽管如此，当小闺的父亲知道风户景子需要那份工作时，便立刻翻脸，跟讨厌我孙子小姐的那群干部站到一起，联手将她赶出去——"

"也就是背叛喽？"对于排挤等类似行为十分敏感的岩仔，就好像自己遭到背叛一般，露出一副悲伤的表情。"那个我孙子小姐被小闺的父亲背叛喽？"

"说得直接点儿，就是这么回事。"

"但这些都是那个我孙子小姐的一面之词吧？"高千冷静地指出了这个理所当然的道理，"说她是被害妄想症可能太过分，但会不会是她想太多？"

"关于这件事，我不仅问了我孙子小姐本人，还向好几个海圣的现任教师打听过。不过，他们都是我孙子小姐介绍给我的，也就是说都是和她比较亲近的人，立场当然会偏向她。因为没有向小闺父亲或者风户景子那边的人打听，所以我也不能断言小闺的父亲背后搞鬼就是客观事实。这一点我承认。不过就我个人的感觉来说，所谓无风不起浪，这些传言应该有一定的可信度。"

"如果学长的判断正确，"岩仔皱着眉头，显得不快而又悲伤，"你们不觉得小闺父亲的行为与其说是为了朋友，不如说更像是为了自己的女人而费尽心机吗？"

"确实有这样的谣言。从今年四月开始，风户景子冠冕堂皇地成为小闺父亲的同事，但两人在学校里却莫名地显得很生疏。作为三十多年的老朋友来说，态度也太不自然了。因此有人怀疑他们是因为有肉体关系,所以心里有鬼。"

"小闺的母亲对这件事没有任何意见吗?"

"听说在安排风户景子进海圣这件事上,小闺的母亲比她父亲还要积极,当然这也是传言。换句话说,似乎是秀子夫人怂恿丈夫,硬要他这么做的。"

"她应该纯粹是为了帮助好朋友吧。但要是小闺的父亲真的和风户景子有肉体关系,那她母亲这么努力等于是被卖了还帮人数钱。"

"好啦!前言太长了,接下来'主角'终于要登场了!"

"可能是栈桥公园横死的那个女尸?"

"嗯。我孙子小姐其实有个双胞胎妹妹,名叫好江。这个好江小姐年纪不小了,但却没有固定工作,也没结婚,整天游手好闲。"

"也就是说留在家里帮忙做家务吗?"

"不,她连家务都不帮忙做,听说她根本不回家。她是那种见一个爱一个的性格,一有对象就会立刻离家和男人同居。说起来,感觉就好像是居无定所的浮萍。"

"那个好江小姐现在下落不明?"

"没错。连家人也不知道该怎么联系她,只能等她主动联络,而她多半只有要钱的时候才会主动联络家人。"

"很有希望嘛!"岩仔兴奋之下,"啵"的一声打开了原本因为顾及漂撇学长而一直没碰的啤酒罐,"不,说有希望什么的,听着好像是希望那个人死掉一样,有点难听。总之,那个死掉的女人一定是她啦!"

"潜入小闺家的动机也能想象出来了。"高千似乎也认为她是有力的候补人选,跟风一般"啵"的一声打开自己的啤酒罐,"知道姐姐我孙子铃江被赶出海圣的经过之后,她怒火中烧,跑到滨口家去找小闺父亲这个幕后黑手理论,但她并不知道小闺父亲不在家,于是走进了滨口家……"

"嗯,先等一下。"漂撒学长用怨恨的眼神看着岩仔和高千接连打开啤酒罐,"不要这么急着下结论。"

"可能性很高,不是吗?"

"有一个问题。"

"问题?"

"而且相当严重。"

"什么问题?"

"你们看这个。"

说着,漂撒学长拿出一张彩色照片,上面是一个女人和一群穿着海圣学园制服的女孩一起在草坪上吃便当。

女人带着度数颇高的眼镜,一头直发随性地束在脑后。和一起摆着剪刀手的女孩们相比,她的皮肤白得惊人,双下巴也明显得惊人。

"那个……难道这就是?"

"没错,这就是我孙子铃江小姐。"

"她的体重。"高千斜了一眼身材矮小的我,"大概有匠仔的两倍吧。"

原来如此,我总算明白了漂撒学长为什么用健康来形容我孙子小姐了——如此恍然大悟的,应该不止我一个。

"你刚刚说她们是双胞胎吧?那出问题的妹妹好江也长这样吗?"岩仔大概是觉得没有希望了,又一下变回了黯淡的表情,甚至可以看得出来他似乎在后悔自己开了啤酒。"恕我直言,假如是的话,这完全不符嘛!"

"就是说啊。作为候补的其他条件都满足了,但要是长成这样,别说和'她'一点都不像,而且要是没有我和匠仔帮忙,岩仔一个人根本搬不动吧。"

"等等。现在判断不符还为时过早,我没亲眼见过那个'她'的尸体,所以也不好说什么。不过双胞胎不见得体形也一样吧?说不定只有胖的只有姐姐,妹妹很瘦呢。"

"说得也是……学长,没有她妹妹本人的照片吗?"

"近照完全没有,因为她根本没回家。最新的照片还是高中生时候的,派不上用场了。"

"不过,说不定还能看得出来一点现在的样子——"

"要看看吗?"

我们看着漂撇学长拿出来的另一张照片,果真如他所说,完全派不上用场。那是铃江、好江两姐妹并排坐在沙发上的画面,这个时候两个人都还很苗条,顶着短发的脸蛋都还相当稚嫩,而且两人都戴着度数很高的眼镜。想要从这张照片中想象出她们三十多岁,拿下眼镜的模样,实在有些困难。

"可是,现在的好江小姐是胖是瘦,连做姐姐的铃江都不知道吗?"

"听说好江小姐的个性很极端,有时候会突然开始剧烈减肥,你们应该也能想象得到,就是在迷上新男人的时候。而要是被甩了,又会暴饮暴食,变回和姐姐相似的体形。因为她老是这样反反复复,所以说来好笑,就连亲姐姐铃江,在实际见到她之前也完全不清楚现在的妹妹是胖是瘦。"

"不过我觉得还是应该暂时保留这个可能性,或许七月十五号那天,好江小姐正好处于苗条状态。至于眼镜,只要戴上隐形就没问题了。"

"是啊！目前最有力的候补人选就是这个我孙子好江了。那么，假设七月十五号在滨口家被杀的就是她，接下来的问题就是：是谁杀了好江？动机是什么？还有，把好江的头发剪下来，又把别人的头发塞进丝袜里的理由是什么？这些都是疑点——"

"我想应该不用再重申这是假设了吧！"高千似乎是担心岩仔，一边喝着啤酒，一边顿了顿，"我认为小闺是凶手，至少这种可能性最高。"

"动机呢？"

"没有动机。那天夜里，回到家的小闺，和为了姐姐前来向她父亲抗议而登门拜访的我孙子好江应该是第一次碰面。小闺想劝阻处于亢奋状态的好江，却不慎将她推倒，杀死了她，所以是过失致死。小闺说她从来没有见过被害人，至少这一点应该不是谎言。"

"那好江的头发应该怎么解释？小闺为什么要剪下她的头发？"

"具体的我也不清楚。"高千当然已经料到岩仔会用头发的事来反驳她，所以不慌不忙地干脆承认了，"可是既然如此大费周章，一定有某种理由，我想大概是如果不这么做的话，自己有可能被怀疑吧，总之就是会有类似的危险。"

"类似的危险到底是哪种危险啊？如果不剪掉被害人的头发，到底对她有何不利？"

"所以说具体的我也不明白啊。不过既然花了这么大工夫，我敢肯定绝不是一时兴起。"

"暂且不论凶手是不是小闺，头发的事确实是个大谜团。"漂撇学长在岩仔因为亢奋而迷失自我之前先打了个圆场，"无论凶手是谁，为什么要特意做这种事，确实是个极为难解的谜。例如被害人的头发上不知何时沾到了凶手的体液或者血液，因此必须带离现场。

这我倒能理解。可是这次凶手不仅带走了被害人的头发，还把另一个不知名人士的头发剪了下来，再用橡皮筋束起来，塞进被害人的丝袜里，就是这一点最难理解。更何况，凶手还把这些都留在了现场。"

"说不定凶手一开始是打算带走的，但因为某些突发状况，最终没能带走。"

"要是这种情况的话，就可以得出结论——小闺不是凶手。"岩仔当然不会注意不到这个道理，"如果小闺想处理掉头发的话，她在打电话到学长家找我之前有充足的时间可以处理。然而她却一直放在那里，直到我们前来——这正是小闺并非凶手的最好证据。"

"作为假说出发点的前提过于模棱两可了，现阶段什么也说不准……我在想，我们没调查小闺父母的不在场证明，真的可以吗？"

"这话是什么意思？"

"就是说我们有必要找到证据，证明他们当晚真的在亲戚家守夜。因为假如被害人真的是我孙子好江，而且又是因为姐姐被赶出职场而最终导致过失致死的话，那滨口启司和夫人秀子当然也有成为凶手的嫌疑——这种可能性也应该充分考虑。"

"也就是说，凶手有可能是小闺的父亲或者母亲？"

"我承认这种可能性很低，可是既然现场是滨口家，那这就是不可避免的假设——喂，匠仔！"漂撇学长突然转向我，"你完全不发表自己的意见，那你到底是怎么想的？还有，你从刚才开始就一直在忙什么啊？那是什么？"

"啊……等等。"

我手上拿的是小池先生的报告。我一边听着三人的讨论，一边读着乘杉达也钱包被盗事件的经过——如此这般老实回答后——

"你认真一点儿。"我被骂了。

"可是,这还蛮有意思的。"

"再有意思也和我们现在讨论的案子没有关系吧?"

"嗯,好像是没什么关系。不过,难得小池先生大费周章做好的报告,不看一眼总觉得对不起他。"

"算了。"漂撒学长似乎是想转换一下心情,很干脆地让步了,"我们的讨论也遇到了瓶颈,干脆来谈谈那件案子吧!再说,现在不能喝酒,夜晚又这么长。"

就这样,在漂撒学长的心血来潮之下,我们一改聊天的方向,讨论起了乘杉达也钱包被偷一事。枉费小池先生花了这么多工夫,结果只被我们拿来当作打发时间的材料。要是我们像平常一样还一边喝酒的话,那他的报告肯定会遭遇被完全无视的命运,只能说真是太可怜了。要是他本人知道的话估计会大发雷霆吧。

然而,就结果而言,我们却因这份报告得知了意外的事实。不,从结论来说,这和栈桥公园尸体遗弃案并无任何直接关联。

但要说毫无关系,似乎又并非如此。

逻辑恋人

根据小池先生的报告来再现整个事件,便如下所述。

乘杉达也今年二十八岁。大学毕业后,通过亲戚的人脉到了当地一家大型书店工作,从那之后一直做着营业员的工作。

他有个二十五岁的未婚妻,名叫古山春江。从短期大学毕业后,便在一家法律事务所担任事务员,是个很普通的OL。

两人预定今年秋天举行婚礼。七月三十号两人应邀至滨口家吃饭,也是为了报告此事。

达也的未婚妻春江是滨口夫人秀子从前的学生,但两人与滨口夫妻的关系并不止于此。一开始介绍春江给达也的,是滨口启司。

"乘杉君,你现在有正在交往的女朋友吗?"

在刚过完新年的一月,有一天,滨口启司在海圣学园的教师办公室如此询问达也。

由于达也工作的书店统一供应海圣学园的教科书和指定参考书,因此身为营业员的他平时可以说是几乎每天都会频繁地出入学校。除了参考书,他也会接一些教职员私人的杂志或书籍订单。

当然,达也之前便认识滨口启司,两人也说过话。不过他们谈论的基本上都是跟购买参考书有关的业务,至于私事倒是从未聊起过。

因此，当被问到这个问题时，达也多少觉得有些意外。对于滨口启司的口中竟然会说出"女朋友"三个字，他似乎也相当困惑。

达也从其他的教职员口中得知，滨口启司今年四十四岁，但启司的头发虽然还没有变稀薄，却已完全变成了银色，看起来比实际年龄要老很多。不仅如此，听说他还是个超级老顽固，居然对已经二十岁的独生女儿订立了严格的门限。

而在实际接触过后，达也更是切身地感受到了他的顽固之处。他做事非常认真，最讨厌松散的处事态度，完全就是活生生的一丝不苟的教师典型。虽然说话温文尔雅，但即使对仅仅是出入学校的校外从业人员，他也一视同仁地贯彻他那绝不容许工作上有半点失误的态度。因此，达也在办理教科书订购手续时，面对其他教师还能轻松处理，但如果是在启司面前的话，就会不由得紧张起来。

顽固、不好说话、无趣——正因为达也对启司抱有这种印象，才觉得"女朋友"一词与他格格不入。

"不不，我没有女朋友。"

"真的吗？"

达也本想轻松带过，但启司又用平时那种一丝不苟，看起来就像即将开始说教一般的严肃表情再度询问。因此，达也察觉到这并非单纯的开玩笑。

"真的没有。"

"真是不可思议啊，像你这么英俊的男人居然没有对象。"

"不，那个。"假如"英俊"二字是出自他人之口的话，达也只会当作客套话，听过便罢。但从不苟言笑的启司口中说出来，却让达也产生了奇妙的动摇感。"因为工作太忙，就算交了女朋友，也不知道能不能定期约会。"

"那相亲呢？"

"嗯，相过几次。不过，要么是我中意的时候，对方拒绝；要么是我拒绝导致对方的自尊受到伤害，闹起脾气。唉，反正就是不顺利。"

"要是你愿意的话，我可以介绍个女孩给你，怎么样？"

"哈？"

"我问你意下如何？有没有兴趣见个面？"

"不，那个……"

"名字叫古山春江，今年二十五岁，是个很不错的姑娘。"

连具体名字都出来了，达也这才惊觉启司的话是认真的。不，既然是和启司谈话，他也知道不可能是玩笑。但即便如此，他依然感到十分惊讶。

"其实她是内人从前的学生。"

"夫人的？"

达也没见过启司的夫人秀子，但听说过她在公立小学当教师。

"不过，不是现在的学校，而是我夫人调职之前任教的小学。即使到现在还会寄贺年卡过来，对我们十分尊敬。"

"啊……哈……"

"她也快过适婚年龄了，我和内人对此都很担心。怎么样？要不要见一面？"

"啊，那就承蒙您的好意，拜托您了。"

达也之所以会答应，主要原因是对方是启司。要是换作其他人的话，他很有可能会害怕给对方留下对女人饥不择食的印象，就此裹足不前。但若对方是启司，至少他知道不必担心有这种粗俗的误解。

就这样，达也和古山春江见了一面。然而当达也亲眼见到她之后，便立刻成了她的俘虏。春江长了一张娃娃脸，或者该说是圆圆胖胖的脸，身材虽然娇小，但却很丰满。在此之前，达也从不觉得这种类型的女孩有何魅力，一般说来，乡下姑娘类型的女人，说好听点是健康美，其实说穿了不过是老土罢了。达也本来更喜欢的是都市里面那种干练的女性。

本应该是这样的。然而，达也却一反自己的喜好，迷恋上了春江。从最初相见的那一天起，他就已经感觉到自己再也离不开这个女人了。

春江散发着达也从未体验过的一种魅力。的确，她是有点老土，但那股土气却又同时散发出强烈的女性荷尔蒙，就像老练的成熟女人一般发酵，渗入男人的脑髓，纠缠着他的自律神经。

这股成熟的风韵和春江的娃娃脸显得格格不入，反而增加了她的魅力。达也有生以来第一次理解了，原来所谓倾倒众生就是这样的啊！

幸运的是春江似乎也挺中意达也，两人迅速订婚，连请帖都下了，接下来只等十月份举行婚礼以及宴请宾客了。

到了关键的七月三十号，达也和春江应启司之邀，一同拜访了滨口家。如果考虑到两人结识的契机的话，请滨口夫妇做媒人一点也不奇怪。但由于诸多原因，最终决定让达也的职场上司来担当媒人。

虽然不能说完全是为了补偿此事，但两人决定和滨口夫妇一起吃个饭，一方面感谢他们为两人的邂逅制造契机，另一方面也是想报告婚事的进展。既然如此，肯定是要去外面的饭店——达也常识性地这样想着。总不能一边嘴巴上说要感谢，一边还要滨口夫妇来准备食物吧。

然而不知何故，滨口夫妇却执意要在家里款待他们。达也虽然觉得有些不可思议，但想到滨口夫妇可能只是单纯不习惯在外面吃饭，便也坦然接受了招待。

夫人是未婚妻从前的恩师，丈夫与自己仍将持续工作上的往来，因此要拜访这对夫妇家自然不能穿得太随便。这样判断的达也打上领带，穿上夏季夹克，而实际上这件夹克将在以后发挥重要作用。

这个阶段，达也的钱包确确实实还在他夹克的内袋里。他曾确认钱包里的钱够不够晚上坐出租车回家，因此绝对错不了。

另外，夹克的内袋上缝着达也的名字，这一点请大家务必要记住。

达也与春江抵达滨口家是在三十号的晚上七点。此时，滨口家的独生女，也就是小闺早已出国旅行，不在家中。因此迎接他们的，应该只有滨口启司和夫人秀子两人——至少达也是这么认为的。

然而，滨口家中还有另外一对受邀而来的夫妇，就是风户明弘与夫人景子。当然，达也见过今年四月刚到海圣学园就任的景子，也知道风户夫妇和滨口夫妇长年保持密切往来，因此没觉得有什么奇怪。

因此在场的人里，达也初次见面的，只有滨口秀子和风户明弘两人。

风户明弘虽然头发还是乌黑色，但发迹线却已退至头顶，是个高瘦的男人。他剩余的头发顺着耳后长长地垂在肩上，有种无赖派艺术家的气质。

而滨口秀子则与达也想象中的完全不同。既然是启司的妻子，又听说她的个性比丈夫还顽固，因此达也一直觉得她会是个骨瘦如柴而又冷冰冰的中年女性。但实际上完全相反，秀子是个让人忍不住想替她穿上和服、梳起发髻的丰盈而艳丽的和风美人。

从这个意义上来说，秀子与风户景子的五官脸型虽然完全不同，却酝酿出一股相似的气息——达也抱有这种印象。景子也是那种平常与人接触时，往往会令对方不得不意识到她是个女人的类型。假如春江是五分熟的牛排，那另外两个女人与其说是全熟牛排，倒不如说是淌着血的一分熟牛排——达也的脑海中浮现出这样的比喻。

当众人慢慢享受完豪华的晚餐后，时间已过了晚上九点。然而，滨口夫妇与风户夫妇仍在细细品酒，全无散会之意。达也一边一点点地用嘴玩弄着威士忌里的冰块，一边寻找告辞的时机。他觉得很累，而且明天一大早又有工作，因此老实说，他并不愿久留。

就这样喝着喝着，达也似乎有了醉意，不知不觉间睡着了。不过，事后回想，他总觉得应该是晚餐或者那之后的加冰威士忌里被下了药——这是达也的猜想。当然，他没有任何证据，事到如今也没有任何手段可以证明这点。不过，从后来事情的发展情况来看，达也会如此怀疑也是在所难免。

达也醒来的时候，已经是十点半左右了。一睁眼，他便发现其余五个人正目不转睛地看着自己。因此显得大为尴尬，他连忙为自己不慎睡着之事道歉，并打算告辞。然而春江却阻止了他。

"其实大家说好了，接下来要去卡拉OK唱歌。"

"哎……啊？"

当然，达也一脸错愕。他不了解风户夫妇，但他觉得滨口夫妇应该不会接受这种提议。滨口夫妇坚持在家中款待众人，可见他们应该不喜欢在外面吃饭，更别说会去卡拉OK之类的地方了……但仔细一听，令他惊讶的是，开口说要去卡拉OK的不是别人，正是滨口夫妇。

满腹狐疑的达也就这样在众人的带领下前往卡拉OK酒吧。说实话他真的很累，头也有点疼，但见其余五个人都兴致勃勃，他又不好自己一个人离场，扫大家的兴。最重要的是，平时应酬繁多的营业员本性，使他不由得发挥了奉陪到底的精神。

好了，根据达也的说法，接下来是最重要的场面。

首先，达也在离开滨口家前往卡拉OK酒吧前，先上了趟卫生间。当时，他拿出自己放在裤袋里的手帕擦手。当然，滨口家的卫生间里挂有干净的毛巾，但不知何故，他下意识地用了自己的手帕。

接着，达也没把那条手帕放回裤袋，而是放回了夹克口袋中。这个举动也没什么理由，只是出于下意识而已。

不过，就算是下意识的行为，他依然记得当时自己的确从裤带中取出手帕，并放回夹克口袋中。因为他还端详了手帕片刻，想着这条手帕挺脏的，所以绝对错不了。

包括达也在内的三组男女一共六人，分别坐上滨口家和风户家的两辆车，抵达了卡拉OK酒吧。听说春江经常和职场上的同事们一起去那间店喝酒，和店家很熟。

一进到店里，启司、明弘等男人们便脱下外套，交给店里的女孩收进入口旁边的衣柜里。在春江的催促之下，达也亦如法炮制。

以上便是事件的概略。而接下来便如同各位读者所想象的一般，在这之后，分别唱着各自的拿手歌曲一直玩到午夜零点过后的六人，让店家在常客春江的名字下记了账。接着，达也告别滨口夫妇和风户夫妇，和春江一起坐出租车回家。而就在付钱的时候，他一摸夹克的内袋，却发现钱包不见了。

还有不得不补充的一点是，那件夹克并非达也出门之际穿的那件自己的夹克。因为本应绣在夹克内袋上的名字，已如烟一般完全消失了。

"哎呀……应该是那家卡拉OK酒吧的其他客人拿错了。"

春江如此说道。当时达也并没多想，以为是其他人穿错了挂在衣柜里的夹克，把钱包也一起带走了。

然而，在告别春江，让家人代付了打车费并回到自己的房间冷静下来之后，达也确信那是绝对不可能的。因为夹克的侧边口袋里，出现了自己的那条脏手帕。

"原来如此，是这么回事啊！"漂撒学长一边拿着没点火的香烟咚咚咚地敲着桌面，一边用力点头，"去卡拉OK酒吧之前放进夹克口袋里的手帕又原封不动地出现在夹克口袋里，这就表明达也离开滨口家时所穿的夹克跟回家时所穿的是同一件。"

"换句话说，关键的夹克不可能是在卡拉OK酒吧被调包的……"

原本粗鲁地盘腿而坐、用胳膊挂着膝盖并托着脸颊的高千一边沉吟，一边立起单侧膝盖，仿佛要抱住膝盖一般，改将下巴放到膝盖上。这是她穿高腰牛仔裤时做的姿势，但今晚不知何故，我总觉得自己看了不该看的东西，悄悄地将视线从她身上移开。或许是因为伤口疼痛，我似乎有点发烧，脑袋也迷迷糊糊的。

"就是这个道理，对吧？"

"不过要是这样的话，"岩仔似乎是个一喝酒就停不下来的人，已经忘了顾虑漂撒学长和我，大肆畅饮起来，"关键的夹克就是在滨口家被调包的。"

"没别的可能了。当然，前提是达也描述的经过全部属实。"

"晚上九点到十点，达也睡着的这段时间最为可疑；不过，食物里被下了安眠药之类的，应该是他想太多了吧！先不说这个，总之，调包夹克并偷走钱包的凶手，就是滨口夫妇、风户夫妇以及古山春江五人之一。"

"或者他们集体共谋？"

"这种事不可能吧？"

"但整件事听起来就是这种感觉啊！你们不觉得？"

"可是，就算五个人串通好，联手偷了他的钱包，那又能拿到多少钱？"

"岩仔说得很有道理。"手拿小池先生报告书的我，似乎顺理成章地成了这次会议的主持人，"根据达也所说，钱包里的现金只有一张万元纸币和一些零钱。"

"信用卡之类的呢？"

"有是有，但他第二天立马就挂失了，所以好像完全没有受到损失。"

"原来如此，为了这么一点儿现金，五个人串通一气故意做手脚？这的确不太可能。"

"达也自己也这么认为。但不管怎么想，当时的状况只能解释为五人之一或者全体共谋偷走了自己的钱包。但他们有这样做的必要吗？完全无法理解，从道理上也说不通啊！"

"确实如此！不管怎么想都划不来嘛！这五个人看起来都没那么缺钱，就算缺钱，也该耍点更加聪明的手段吧。反正都要犯罪了！"

"搞不好他们误以为达也带了很多钱？不过就算如此，在达也睡着的时候，他们有充足的时间确认钱包里的东西。但即便如此，他们依然没有打消念头，最终还是调包了夹克，偷走了达也的钱包——怎么搞的？我好像是以五人共谋为前提在说话。"

"我突然想到，"高千这回把两条膝盖都竖了起来，然后把下巴放在上面，"会不会是因为我们一心认定他们的目的是钱包，才会想不通的？"

"什么意思？"

"就是说,我们可以试着假设五个人的目的并不是钱包,而是别的东西。"

"所以说那个'别的东西'究竟是什么啊?"

"还有别的吗?就是那件被调包的夹克啊!"

"谁会想要那种东西啊?难道说那件夹克有什么特别之处吗?"

"没有,那件夹克好像是男装店打半价的时候买的。"

"那就没什么价值啦!再说,夹克内侧不是已经绣了达也的名字吗?这种东西偷了有什么好处?不,不只是偷,还掉了包,所以还损失了一件夹克的费用呢!从收支平衡的角度来说,这趟生意不赚不赔。搞什么?我越来越糊涂了。做这种既麻烦又毫无意义的事到底有何必要?"

"达也的夹克里除了钱包,还有其他东西吗?"

"他本人也想过这种可能性,但他说应该什么都没有。至少他能断定,绝对没有任何让人忍不住想偷的贵重物品。"

说着说着,我发现自己正偷偷打量着高千。今晚的她全神贯注地打破假设,再建立假设,然后再打破假设。随着思绪的不断飞舞,她时而放下膝盖,时而侧坐,一反平时的模样,显得坐立难安。我跟着受影响,眼睛也不知不觉地往她身上——正确来说,是脚上——飘去。

今晚的我果然很奇怪。平时高千给我的是一碰就会被刺伤的恐怖印象,但现在却不知为何,只要一看到她,我的脑海里就会朦朦胧胧地浮现出各种妄想。

"我有个奇怪的想法……"

虽然嘴上这么说,但此时我的脑中尚未整理好具体的假说。只不过,我怕自己多沉默一分,就会多察觉一分自己扭曲的欲望。因此,就算是为了打消杂念，我也感到自己必须要说点什么才行。

"你们不觉得……很不自然吗？"

"这么想的不只是你，大家都觉得这件事很奇怪。"

"不，我说的可能是一些很小的疑点，主要有以下两点：第一，他们六个人是分别开着滨口家和风户家的车子前去卡拉OK酒吧的，说得更详细一点儿，开滨口家车的是启司，开风户家车的是风户景子——报告书里是这么写的。顺便说下，滨口启司有驾驶执照，夫人秀子没有；而风户夫妇则正好相反，有驾照的是夫人景子，丈夫明弘却没有。"

"小池连这个都调查了啊！问的人是很扯，但记得一清二楚还答得出来的达也也很夸张。"漂撒学长似乎是因为想喝酒而心里着急，便拿过岩仔喝干的空啤酒罐，小心翼翼地慢慢在手里捏扁。"然后呢？那又怎样？"

"这很奇怪吧？"

"哪里奇怪了？"

"你想想，这六个人之前可是喝了不少酒啊。既然达也喝的是威士忌，那可以认为其他人喝的应该也是这一类的酒吧？"

"所以他们这是酒后驾驶啊！不过，这哪里奇怪了？当然这绝不是值得表扬的行为，不过这种程度的一时冲动，每个人都偶尔会——"

"不会犯的。你仔细想想，开车的滨口启司和风户景子都是教师，而且是县里屈指可数的名牌学校的教师。"

我这番话的重要性，费了片刻才渗透完毕——不，不是渗透到漂撒学长、岩仔还有高千的脑袋里，而是我自己的脑袋里。

"要是他们碰上临检，酒后驾驶的事被曝光，那问题就大了，至少一定会受到免职惩戒的处分，因此他们不可能不了解事情的严重性,不管是老手启司还是新人景子都一样。尤其是景子,她必须代替丈夫明弘独立维持家计,应该更加谨慎才是。"

"不过,说不定他们已经醉到无法做出这种常识性判断了呢?"

"有这种可能,但我认为并非如此,因为我的假设是以他们五个人当晚串通好了共同欺骗达也为前提。这种时候,我不认为他们会喝到烂醉以至于失去判断能力,而应该是有所节制地喝。"

"这……"漂撇学长似乎觉得我这番话确实有点道理,但另一方面却又不明白我一直执着于这个疑点的用意,因此露出一副相当无奈的表情,"或许吧,不过——"

"在进行详细验证之前,我先提出第二个疑点,就是他们在卡拉OK酒吧赊账一事。"

"这哪里不自然了?既然和店家很熟,赊个账有什么好大惊小怪的?没什么可疑的啊!"

"慢着,你刚刚说和店家很熟,对吧?"

"对啊!"

"你记得是谁和店家很熟吗?"

"哎。是谁来着……这个嘛……"

"是春江。"高千似乎看出我所指何意,罕见地正襟危坐并探出身子,"是春江和店家很熟……对,这里确实不自然。"

"为什么?"不知是不是不甘落于高千之后,漂撇学长也猛地探出身子,似乎急着尽快理解以赶上她,"到底是为什么?"

"你想想,一开始突然提议去唱卡拉OK的是滨口夫妇啊!那为何不去他们自己熟识的店?"

"说不定滨口夫妇根本没怎么去过卡拉OK啊!他们好像很讨厌外出,所以根本没有常去的店。这时春江就推荐自己熟识的店……"

"就算是这样，付钱的应该是滨口夫妇，这样才自然吧？当晚本来就是为了提前庆祝达也和春江结婚，所以大家才聚在一起的，不是吗？然而性格顽固的滨口夫妻竟然厚着脸皮让当晚被招待的人赊账，你不觉得太不自然了吗？"

"唔……"思考的时候习惯用手揉太阳穴的漂撒学长似乎不小心碰到了伤口，皱着眉头缩回了手，"这么一说好像确实如此！那……这到底是怎么回事？"

"怎么回事？匠仔？"

被高千目不转睛地盯着看，我感到有些胆怯。难以置信的是，她的瞳孔里竟然闪烁着期待的光芒。我还是第一次被她用这种眼神所凝视。

而且正襟危坐的高千，该怎么形容呢……看起来好可爱。正确来说，她保持着将微微抬起的臀部放在立起的脚跟之上，然后身子向前探出的姿势，而这样的姿势不知为何让人觉得楚楚可怜。

或许是因为和她平时如刀刃一般锐利的形象形成鲜明对比，两者之间的落差反而更凸显出她的可爱。不过最大的原因果然还是我在发烧吧。不知为何，我的视线变得模糊，高千的轮廓似乎上了柔焦一般，身影更加美化了。

"由此得出的结论只有一个。"我觉得按顺序思考过于麻烦，干脆不假思索，在发烧的热度驱使之下，反射性，或者该说是惰性地继续说话，"简单地说，他们都没带钱。"

"哎？"或许是因为答案没有期待中的那么意外吧，高千瞳孔中闪烁的光芒立刻消失无踪，"你说什么？"

"他们不顾酒后驾驶的危险，一定要开自己的车去卡拉OK酒吧，那是因为没钱坐出租车。还有,他们在卡拉OK没付钱,只能赊账,也是因为身上没现金——只能这么解释了,不是吗?"

"喂喂喂,匠仔,这反而更不自然吧?你想想,既然连钱都没有,那当天晚上为什么要勉强去卡拉OK呢,甚至还要冒着酒后驾驶的危险?"

"当然是因为对他们来说,有必须这么做的理由。"

"我不懂,完全不懂。"

"你能不能再整理一下,说得更好懂一点儿?"岩仔似乎完全抓不住要点,满脸困惑地提高了音量,"从头说起吧!"

"滨口夫妇、风户夫妇以及春江五个人身上都没有现金。当然,他们并非一开始就没带钱,而是因为发生了某件事,导致他们身上的钱突然消失了。"

"突然消失了?"

"当时达也的钱包也一起消失了——这么一想,所有的事情就都说得通了。"

"匠仔,你啊!"漂撇学长皱起眉头,似乎在担心我是不是发烧了,"该不会要鬼扯一些不合时宜的超自然现象之类的吧,啊?"

"不,我要说的话寻常之极。家里有三组男女,而他们所有人身上的钱以及屋子里所有的现金都被某个第三者给抢走了——这么想就好了。"

"强……盗?"漂撇学长眨着眼睛,满脸困惑的表情就像是让我带路,却突然发现不知不觉间被我带到了一个奇怪的地方一般,"你说是强盗?"

"对。虽然不敢确定,但我想强盗恐怕不止一人,而且手里应该拿着枪或者其他凶器,以此来威胁六人。当时乘杉达也已经睡着,所以严格来说，威胁的对象是剩下五人。当然，强盗不会因为对方睡着而手下留情，他们也搜了达也的夹克内袋，将他身上的现金连同钱包一起抢走。"

"匠仔，你知道自己在说什么吗？"岩仔似乎已经放弃自行理解，决定将我交给漂撇学长和高千处理。只见他一脸窝囊的表情挠着脑袋。"是不是喝太多……不对，今天你没喝酒啊！"

"我知道岩仔你想说什么。假如滨口家真的发生了强盗案件，那五个人干吗不告诉达也？更重要的是，为什么不报警？你是想说这个吧？"

"对，完全正确。你要怎么解释这一点？"

"我就这么解释吧！因为那五个人有不能报警的苦衷，而这个苦衷当然也不能对达也坦白，至少在当时对达也坦白还太早。"

"这么说来，他们有坦白的打算喽？"

"我想有。"我觉得自己渐渐无法区别妄想和现实了……我一边担心自己的脑袋，一边对漂撇学长点头。"大概吧！"

"那个关键的苦衷是什么？"

"三十号的集会并非单纯的婚前祝贺，也并非单纯的餐会。"虽然我尽量想把眼睛从高千身上挪开，但她一开口说话，我还是得转向她。而一看到她这个"媒介"，我的妄想便会如细胞分裂般进一步地增殖开来。"——这应该就是苦衷。"

"并非单纯的餐会，那又是什么？"

"这种说法或许有点老土，我想大概是秘密派对之类的吧。"

"秘密派对？"

三人异口同声地如喷气式战斗机般拉高结尾的语调。

"假如报警而且强盗被捕的话——虽然我们认为强盗被捕了正

好，但那五个人最怕的就是这一点。要是他们当晚做的事经强盗之口传入警方耳中，又以谣言的形式传到外界——他们无论如何也要避免这一点。"

"你倒说说看，他们到底做了什么事？被曝光就完蛋，难道是吸大麻？"

"在那之前，高濑……"

"干吗？"

"你能不能先答应我一件事？"

"哎？什么事？"

"就算我说了什么奇怪的话也别生气。我这个假设真的挺扯的，不过也有几分根据。所以我想提前拜托你，先好好理解一下，别一气之下直接赏我一巴掌。"

"搞什么啊，匠仔？说得我好像是个随便就动手的女人一样。原来在你的眼里，我一直是这种人啊！"

"我今天大概是对被打特别敏感，而且这些话实在不太好在女性面前说……"

"我还没凶暴到对伤者大打出手的程度！真是的，一定是你搞错了。"有一瞬间，我察觉到她露出了好似受伤、又好似闹别扭一般的表情，这种表情最不符合她的风格，我想大概是我的错觉吧！再一看，高千的脸上已经浮现出了平时那种挑衅般的微笑。"我保证无论匠仔说什么，我都会保持平常心。你放心，快点儿说吧！"

果然还是惹她生气了，没办法！

"那我就说了。强盗侵入滨口家时，也就是达也睡着的那段时间，剩下的五个人应该是裸体状态。"

"裸体？"

三人又异口同声地叫道，活像表演歌舞剧时，后台的合音团在唱和台词一般。

"换句话说，他们举办的秘密派对就是……"

话一出口，我果然还是变得有些胆怯。要是在发烧的热度驱使下胡言乱语而导致我的人格受到怀疑，可就后悔莫及了——这样的理性微微地露出头来，但事到如今已经是骑虎难下。

"就是……换妻派对，或者乱交派对，总之就是那一类的。"

"难、难道……匠仔，你！"我本以为高千要发脾气，谁知她却弯着腰捧腹大笑。"你这话是认真的吗？你该不会想说你有很确实的根据吧？"

"的确有。他们的苦衷，应该是强盗能一目了然但还不至于违法的行为。假如他们是被强盗目击到吸大麻，那就会引发别的问题，比如强盗的恐吓。这对他们而言是很严重的事态，这种时候他们根本不会有心情去管达也。"

"不过，要说恐吓的把柄，换妻派对也一样啊！或许没犯法，但会在社会上造成恶劣的影响。对于某些人而言，说不定是比吸大麻更想隐瞒的丑事呢！"

"那要看这些强盗了不了解屋子主人的社会地位了。我估计这些强盗应该只是随便选了个家境看来不错的房子入侵，没进行过事先调查，至少滨口夫妇是这么认为的，也就是说他们断定对方要的只是钱，至于别人的性生活这种级别的事情，强盗们是不会干涉的。"

"这个说法太牵强了。"

"还有其他的佐证，就是他们特地邀请达也来，却下药迷昏他一事。假如真的是吸食大麻之类的秘密派对，如果他们一开始就打算邀达也入伙的话就不会这么做，若没打算邀他入伙，一开始就不会找他来。邀请他又下药迷昏他,表示他们的目的是达也的肉体,即使他失去意识也无妨。这么一想,他们举办的最有可能是乱交派对之类的聚会。至少我是这么认为的。"

"匠仔,你的脑浆是不是煮烂了啊?"

"或许吧!总之,用这煮烂了的脑浆继续拓展思路的话,我想滨口夫妇和风户夫妇恐怕从学生时代就是换妻的老伙伴了。只不过,小闺出生以后,他们有很长一段时间没玩,直到最近发生了一件事,才让他们的兴趣死灰复燃。"

"哦?"高千一边笑,一边擦拭眼角的泪水。她根本就没有认真听,算了,这也不能强求!"是什么事让他们重新找回春天?"

"就是住在东京的风户夫妇回到安槻来这件事啊。他们又重新住得近了,心里又开始痒痒,就动起重操旧业的念头。不过,滨口夫妇现在有了小闺这个女儿,想要瞒着女儿开这种换妻派对并不是件容易的事。"

"你说的是在滨口家开派对的情况吧?"高千发出爆笑,然而一旁的漂撇学长却出人意料地露出一本正经的表情,这真是相当罕见的场景。"他们在风户家开不就行了吗?"

"这也不行,因为滨口夫妇给小闺定了晚上六点的门限,为了让她严守这个门限,即使夫妇俩不必非要都六点准时回家,但还是得有一个人提前回来才行。这样一来,他们好不容易重燃热情,却多出小闺这个阻碍,使得这两对夫妻的秘密兴趣受到严重打击。嗯,本来应该是这样的。然而,小闺却提出一个他们求之不得的请求。"

"喂,喂,喂喂……"

"小闺希望暑假时去佛罗里达留学并借宿瑞秋家。滨口夫妇一开始严词拒绝女儿的这个请求,然而你们还记得小闺说过他们是什么时候改变主意的吗？没错，过年之后。换句话说，和风户夫妇回到安槻来的时间正好吻合。"

已经没人开口说话，连高千也停止了爆笑，张大了嘴——当然不是因为佩服我，而是觉得啼笑皆非。

"没错，如此顽固守旧的滨口夫妇为何突然改变心意，允许小闺出国旅行？他们绝不是允许女儿暂时脱离双亲的束缚，享受自由；其实正好相反，是父母想从女儿那里解放，享受自由，想趁着女儿不在家时尽情沉溺于禁忌的快乐之中。"

岩仔的嘴虽然没有发出声音，但能看得出他正在无声地说着"禁忌的快乐"这几个字，现在的他似乎正沉溺于淫靡的空想中。

"表面上很不情愿，但其实内心高兴得不得了的滨口夫妇就这样准许了小闺的佛罗里达之行，期待能趁女儿不在时与风户夫妇尽情享受欢乐；另一方面，他们也决定在这期间同时进行以前悬而未决的计划——发展新玩伴。"

"新玩伴？"漂撇学长的脑中似乎也蔓延着煽情的幻想。他满脸一本正经的表情，交叉着手臂，教人想笑出声来。"换句话说，就是换妻派对的新玩伴？那是——"

"当然是春江和达也。春江已经成为他们的玩伴了，恐怕当初邀请她的是从前的班主任秀子吧！不过，他们尚未正式换妻。一方面有小闺在，另一方面也是因为找不到和春江搭档的男人。所以，为了对未来做准备，启司将监视小闺门限的工作交给秀子，自己则不知在何处找了间酒店与春江密会，先着手'开发'她。"

漂撇学长和岩仔暂且不论，连高千也开始露出严肃的表情认真地听了起来，让我觉得有些好笑。当然，这三人并非被我的假设所说服，只是因为内容既八卦又刺激，才带着观看八卦节目的心情探出身子，侧耳倾听。

"小闺的旅程定下来之后，他们便开始认真寻找起春江的搭档来。这工作由启司负责，而启司看上了达也，将他介绍给春江。达也是什么时候被启司介绍给春江的？也是今年一月。这一切都是配合小闺赴美的决定展开的。"

"这么说来，"漂撒学长罕见地露出茫然的表情，似乎是在犹豫自己该不该在众人面前说出如此下流的话，"关键的三十号晚上，加上风户夫妇的六个人就是在干……干那档子事？"

"应该是。达也一心以为要去吃饭，滨口夫妇却坚持在自家款待，也是这个原因。"

"原来如此。仔细一想，如此执拗于在家吃饭的滨口夫妇突然想到外面去唱卡拉OK，确实有点不自然。原来这也是有企图的啊！"

"但是，他们不能突然要求毫不知情的达也加入，因此才下安眠药迷昏他，再由女人们趁机摆弄他的身体。这是某种'入会仪式'呢？还是已经算好时间，打算让达也在中途醒来并亲眼看见既成的事实，好强行拉他入伙呢？这些具体的计划，就不得而知了。"

"啊……我的小弟弟站起来了。"

像女孩子一般扭扭捏捏并拢膝盖的漂撒学长，与高千对上了视线。从刚才开始就好像得了"笑癖"一般的高千，忍不住倒在榻榻米上，哈哈哈地捧腹大笑，甚至手舞足蹈起来，吵得天翻地覆。

"都怪匠仔啦！"

看着滚在地上爆笑的高千，漂撒学长不知是该生气，还是该为高千难得一见的"放荡之态"而高兴，满脸迷茫地露出复杂的表情。"你描述得太生动了，害我忍不住就……"

"喂，"仔细一看，岩仔也扭扭捏捏地并拢膝盖，撅起屁股，"我今晚可能睡不着了。"

"然而，就在他们玩得正酣之时，强盗却闯了进来。"要是就这样放任不管，话题可能会越扯越远，因此我自行将话题拉了回来，"他们五人无计可施，只能眼睁睁看着现金被抢走。当然，睡着的达也也被抢走了钱包。强盗抢完能抢的东西后，并没有加害任何人就逃走了。但那五个人却因此陷入困境，不用说，这自然是因为达也夹克里的钱包消失了，他们不知等他醒来后该如何向他交代。"

"可是，直说不就得了？他们不是正打算要拉达也入伙吗？这反而是个好机会啊！"

"虽然他们确实有这个打算，但要在这种迫不得已的情况下坦白，还是有许多顾虑的。你们想想，这是件很敏感的事情，并不是随便告诉某个人就能拉他入伙。我想达也应该是他们考量过女方的喜好后，精挑细选出来的，所以他们也不希望因为邀请方式过于轻率而失败。要是被达也逃了，就再也无法说服他；不光如此，他们的秘密甚至可能通过达也的嘴泄漏出去。因此，对于坦白这个秘密的时机，必须慎重万分。"

"原来如此，所以他们才将达也的夹克调包，又硬邀他去卡拉OK，制造外套在酒吧被别人拿错，钱包也一并被带走的假象，只是为了暂时隐瞒这起强盗案。"

"正是如此。但他们的计划却因为达也一时兴起，将手帕从裤袋改放到了夹克口袋而功亏一篑。"

"等等。"高千收起笑容，露出与方才意义完全不同的严肃表情，"调包说起来简单，但他们究竟从哪儿弄来一件没绣名字的新夹克？要是夹克被换的事很快就被达也察觉到就糟了，所以假的夹克即使不是一模一样，也必须得和原来那件夹克很像才行。如此符合要求的夹克，他们到底要从哪儿弄来？那个时间点上，商店应该已经关门了。就算还有店开着，但他们被强盗抢走了所有的现金，想买也买不成，对吧？那他们究竟是怎么弄来夹克的？"

"没别的可能，新夹克是滨口启司或者风户明弘碰巧原本就有的。"

"碰巧？"高千犹如被人从旁抢走了刻意留到最后才吃的蛋糕一般，悲痛而激愤地大声说道，"哪有这么巧的！"

"不，也不见得。"漂撇学长似乎渐渐从淫靡的妄想中解放出来，口气重新变得沉稳起来，"就是因为他们碰巧有一件和达也相同的夹克，才会想出这种障眼法。换句话说，假如他们没有相同夹克的话，大概会想其他办法来隐瞒强盗事件吧。要是想不出来的话，或许就会死心，告诉达也真相。"

"等等，小漂！"高千似乎原本想笑，却又在中途很奇妙地转为啼笑皆非的表情，"你该不会把匠仔的假设当真了吧？好蠢！你是认真的吗？难道你们真的相信小闺的父母会趁小闺不在家时，和别的夫妻一起大战三百回合——"

"别说得那么生动嘛！啊啊！真是的，火好不容易才退的……"

"而且这还是准许小闺赴美的真正理由？"

"这就叫惊天动地。"

"可笑至极！"

"支离破碎，厚颜无耻。啊，这句是说匠仔。"

"不过，我觉得还挺有可能的耶！"岩仔似乎心有余悸，表情严肃地自言自语道，"表面上越是在世人面前表现得不苟言笑，在反作用之下，暗地里却越容易沉溺于不道德或者猥亵的兴趣之中。"

"喂！怎么连岩仔都这样？总之，匠仔的假设从头到尾都是想象，而且太离谱了！滨口夫妇、风户夫妇以及春江五个人背后或许真有些见不得人的秘密，不过……"

"那高千认为那个见不得人的秘密是什么？"

"你现在问我这个问题也没用，因为匠仔的妄想已经像邮票一样深深烙印在我脑海里了，我无法做其他思考。"

"哇，色狼！哇，女色狼！"

"你没资格说我！"高千不好动手打受伤的漂撇学长，只是朝他的下巴做出了漂亮的上勾拳姿势，"你这个全身都是海绵体的男人！"

"好啦！我承认全都是我的想象，或者该说是妄想。"把想说的都说出来之后，我发现自己在不知不觉间已经能用和平常一样的眼光看待高千了，便乖乖地让步。"我好像恶搞得有点过头了。"

乘杉达也的钱包一案，除了我的恶搞假说——我必须先声明，我绝不是为了搞笑才说这番话的——以外，并没有出现其他推论，因此讨论就此中断。再加上这件事与栈桥公园弃尸案没什么直接关系，因此当晚在漂撇学长又一次的心血来潮之下，我们四人再度转到另一个毫不相干的话题上。

在这个故事中，钱包一案就此告终，并未有进一步的发展。不过，就本案和栈桥公园弃尸案的间接联系而言，此事在某种意义上亦有其重要性，因此我姑且叙述一下后续的事情。

乘杉达也后来依然在十月与春江结婚。他竟然向素不相识的小池先生详述此案，由这一行为便可知他对于钱包之事仍旧耿耿于怀。他一直无法消除对于滨口夫妇和未婚妻春江的怀疑，甚至似乎认真考虑过取消婚事，但他终究还是无法忘怀春江的身体。

跨越重大的"考验"后，乘杉达也和春江两人在结婚典礼后开始与滨口、风户两对夫妇共享秘密的兴趣。滨口夫妇和风户夫妇这边似乎也曾认真考虑过停止这种禁忌的嗜好，但最终他们还是只能在超越友情的肉体结合上寻找到安宁。

我的妄想其实相当接近真相，而这还要过好一阵子才能揭晓。

携带恋人

九天后的八月十七号,我们造访了"丝丽绮"。

所谓的我们,是指漂撇学长、岩仔、高千、小兔以及我五个人。我们浩浩荡荡地前往阿呼露咪名片上所印的地址一看,有栋不起眼的混合住宅楼坐落在繁华的街道上,而"丝丽绮"便位于二楼的店面里。

打开看起来很重的店门,有个长发女孩正在拖地。现在是下午六点,在这个季节还是白天,因此这家店自然还尚未营业。不过我们正是知道这一点才故意在这个时间来的,因为至少今晚我们没有做客的打算。

"那个……"女孩发现我们一群人缓缓走来,手中的拖把停在了半空中,"店还没开哦!"

"妈妈桑在吗?"

平常总要先废话几句才肯进入正题的漂撇学长,居然没说任何前言便直接开口提问,这也能看出我们根本无心玩乐,气势与气氛相当沉重。

"哎?"似乎是嗅到了来者不善的气息,女孩的态度突然变得粗鲁起来,大概是察觉到了来者非客吧。"你要干吗?"

"我想找阿呼露咪小姐,"换作平时,漂撇学长铁定会把山田一郎的名片当作压轴的王牌，留到最后再拿出来。但这次他却没有卖任何关子，立刻递给女孩问："她来了吗？"

"啊……哎、哎。"一看到名片背面山田一郎的签名，女孩的态度再次来了个大转变。因为要突然在两个极端之间进行转换，所以连她自己也显得有点无所适从，结结巴巴了好一阵子。"哎、哎，那个，请问、请问你刚才说什么？"

"阿呼露咪小姐来了吗？"

"不，还没。平常这个时候她应该要来了……"

"今天她没休假吧？应该会来店里吧？"

"嗯，要请假的话她一定会提前联络的，所以我想她今天应该会来。"

"那我们可以等她吗？"

"啊，可以，请进里面等。"

"不，我们在外面等就好。"

"这样我会被骂的，还是请进吧。"

我们五人又慢慢走入店内。这种店在营业前总飘荡着一股独特的哀愁气氛，宛若浓妆美女素颜时的模样，又好似被迫观看舞台布景背面的框缘和钉子特写一般的感觉。

女孩急忙拉下百叶窗，打开店里的照明。白兰地酒瓶和着灯光，宛如前所未见的魔法药一般陈列于酒柜里。浓妆艳抹完毕——如此形容，是否太过辛辣？

点亮照明的瞬间，女孩虽然还没来得及化妆，也没有换衣服，却已换上了接待客人的职业面孔。对此，我并没有任何讽刺性的感慨，只是由衷地感到佩服——真了不起。

"丝丽绮"是间比想象中还要小的店，里面除了多人用的圆形沙发桌以外，只剩下柜台边的矮脚凳了。

漂撇学长作为代表，坐在出入口附近的矮脚凳上等候，剩下我们四个则是在桌边待机。

"不用招待我们，"漂撇学长挥手拒绝了女孩递过来的湿巾，"我们不是客人。"

"啊，是吗？那我放在这儿，可以吗？"还真是一点都不马虎。

她绕着桌子，摆完我们四人份的湿巾时，我们等待的人也刚好登场。

"啊！"一认出学长，阿呼露咪小姐便以出演宝冢歌剧般的夸张动作表明欢迎之意，"欢迎光临！来来来，慢慢玩！"

"不，那个……"

"对了，你的伤好了吗？"

露咪小姐不给学长说话的机会，反而亲昵地摸着漂撇学长的脸颊。相比职业化的讨好态度，她看起来倒像是真的为了学长的到来而感到高兴。当然，这方面她是专家，给我们这种外行人亲切的感觉应该是她的拿手本领吧。

"啊，已经完全好了。"

这不是客套话，是真的。漂撇学长的身体恢复能力着实惊人，在我身上的疼痛好不容易消退之时，比我多挨了几十倍拳头的他却早已活蹦乱跳，红肿啊伤口啊早已了无痕迹。这已经不能叫恢复能力，应该叫复原能力才对。真教人怀疑他是不是人类。

"是吗？那就好，我好高兴！你们慢慢玩啊！我就觉得今天会有好事发生，不枉费我穿了刚买的新衣服来！"

说着，她摆出蝴蝶展翅般的姿势。不只是动作，露咪小姐连穿的衣服都可媲美宝冢歌剧团。于视网膜留下残像的原色加上大量的亮片，与其说是花哨，倒不如说有种无秩序的感觉。

"小琪，你在做什么？还不赶快端饮料出来！"

"啊，等一下，阿呼小姐！"见露咪小姐想要去柜台那边催一下女孩，漂撇学长连忙阻止了她，"对不起，其实我们今天不是来做客的！"

"啊，是吗？"我原以为露咪小姐早在刚进店门时便已经发现我们，没想到她却是听到"我们"二字才反应过来，终于把视线转向了坐在桌边的我们四人。"这些是你的朋友吗？"

"嗯，是的。"

"啊，上次那位也在耶！"

"对。那个，所以说——"

即使是能说会道的学长也无法取得对话的主导权。学长平时只是啰唆，对方却是话术专家，两者之间的差距显而易见。

"那边的小姐们，其中一个……"她远远地对高千和小兔投以礼貌性的微笑，"是你的女朋友？"

"我是这么认为的，不过对方好像不这么想。"

"啊哈哈，还真像你的作风！喂，小琪，我想让这个人做我的下一任男朋友。"

"又来了。"被叫作小琪的女孩在我们桌上摆放着玻璃杯和冰桶，"妈妈桑的坏毛病又犯了，小心被一郎先生骂哦。"

"没关系，因为这个人打赢了小一，所以完全没问题。"

"哎？"似乎是真的感到惊讶，小琪脸上的职业性微笑消失了，露出令人意外的稚嫩表情，"哇！"

"那个，其实……"学长似乎担心错过这个机会，将永远无法进入正题，便强行打断了她们的对话，"我这个人不识好歹，这次又是为了会挨一郎先生痛扁的事情而来。"

"哎？难道说——"

"是关于宫下的事！你知不知道他在哪里？"

"啊，这么说来，你还没找到他啊？"

"其实现在事态变得相当严重了。我们从宫下的老家那儿得到联络，说他妈妈骑自行车的时候被卡车撞了。"

露咪小姐的嘴巴无声地动着，似乎也预感到这是件大事，便收回了嬉闹的表情，压低了声音。

"然后呢？情况怎么样？"

"听说……伤势很严重，现在昏迷不醒。"

"天啊！"这次她倒是发出声音了，慢慢地在漂撇学长身旁的矮板凳上坐下，喃喃说道，"天啊……怎么会这样？"

"发生了这种紧急的事态，却联络不上长男，他的家人已经陷入了焦虑之中，问遍了大学里的人，居然没人知道他在哪里。我自认对学弟学妹的事情还挺了解的，但这次也束手无策了。阿呼小姐，你知道他可能在哪儿吗？"

"我记得我上次说过了啊，我们也在找小伸啊！"

我隔了一会儿才反应过来，小伸就是指宫下学长，顺便说下，宫下学长的全名是宫下伸一。

"不,准确来说,是之前在找他,应该用过去时。我已经不在乎了，就算找不到他也无所谓，反正我想开了。不过，我弟弟他啊……"

"弟弟？这么说来——"

"啊，我没说过吗？之前给你们添麻烦的山田一郎是我弟弟，不是干弟弟，是亲生弟弟。"

"哎？可是——"

"嗯，因为某些缘故，我们从小就被不同的家庭抚养，所以不同姓。或许是这个原因，他才不把我当亲生姐姐看吧！每次见到我都'喂、喂'地叫，像在叫老婆似的，不管我怎么说他都不肯改。"

"你刚才说你已经不在乎了，这么说来，阿呼小姐之前也在找宫下？"

露咪小姐的笑容消失了，就像开关被关掉了一般，只剩下花哨的服装依旧璀璨夺目，而脖子以上的部分却如空洞般凹陷下去。似乎正因为这股失衡感，反而让之后的短暂沉默显得十分自然——穿着亮片装的"虚无"不说话，自是理所当然的事情。

没过多久，露咪小姐的双眸有了些表情，穿着亮片装的物体变回'人类'以后，沉默便显得不自然起来。她自己似乎也觉得这阵空白让人难受，便缓缓地从矮板凳上站起身来。

"不行啊……嘴巴上冠冕堂皇地说什么都已经看开了，其实我还是没看开。"

"妈妈桑……"小琪听了露咪小姐的独白，露出一副心里有数的表情，点了点头，并轻轻地把还没开封的白兰地酒瓶放到柜台上。"没关系，店我来照看就好了。"

"小琪，你有时候太过替人着想了。"

"对不起。"

"真的没关系吗？"

"趁有人听的时候一口气把苦水吐完，不是更好吗？"

"小琪。"

"是。"

"轮到你的时候，我会放你假的。到时你就尽情宣泄吧！"

"是，我很期待！"

露咪小姐拿起酒瓶，拍了拍漂撇学长的肩膀，点了点下巴，然后终于走向了我们坐的桌子。漂撇学长慌忙起身，追了上来。

"晚安！"

坐在圆形沙发最边缘的岩仔慌忙往旁边挪了挪，露咪小姐趁这个间隙悠然坐下，并朝我们每个人投以分毫不差、完全相同的笑容，然后点头示意。

"各位都是学生？"

"嗯，"坐到圆形沙发另一边的漂撇学长转向露咪小姐，点了点头，"大家都是宫下的朋友。"

"我知道你们今天不是来做客的，但如果可以的话，能不能适当地来点酒？该怎么说呢——就当是为我制造气氛。因为我不习惯在清醒的时候说这些事，尤其我还是第一次和小伸的朋友见面。"

"知道了。喂，匠仔！"漂撇学长对坐在最里面的我挥了挥手，"总之先喝吧！"

"你的伤已经不要紧了吗？"

"对，托你的福。"说托她的福好像有点怪怪的，但我想不出其他适当的词语，"已经好到可以喝酒的地步了。"

"真的很抱歉，都是我那蠢弟弟害的。是什么时候联络的？"

露咪小姐没用任何连接词就转换了话题，所以漂撇学长花了数秒才领悟她是在问宫下的家人是什么时候联络我们的。"今天下午。"

正确来说，是今天下午两点左右。至于联络了谁，宫下的家人轮流打电话到聚集在这里的所有人的住处。当然，除了我们以外的学生，宫下家应该也一个没放过（这样形容或许有些不妥），全打遍了。毕竟连我这个房间里没装电话，得靠房东帮忙转接的人都接到来电了。

宫下学长的母亲似乎是在中午前发生车祸的。她骑自行车出去买东西，正要过马路时，被一辆闯红灯的卡车撞上了——那辆卡车的司机开车时在打瞌睡。被完全没踩刹车、全速驶来的卡车撞飞的她，虽然立即被送到医院，但全身挫伤而且昏迷不醒，情况十分危急。

今晚是关键期——被医生如此宣告的家属想叫长男宫下学长回来，但宫下学长瞒着父母搬家，早在前一阵子便已失踪。家属给他大学里的朋友一个个打电话，却无人知道他的下落。

"家属没问校方那边吗？"

"当然，头一个就问了。可是宫下登记的地址和电话号码还是之前'安槻住宅'的，校方也无计可施。"

"这个不孝子……我没资格这么说他，对吧？因为小伸会瞒着所有人搬家，都是我们——我害的。"露咪小姐似乎是强行咽下了什么要往上涌的东西，表情变得紧张起来，一口气喝干了在玻璃杯底摇晃着的白兰地。"……我已经够惹他讨厌了，要是又因为我来不及见母亲最后一面，他肯定一辈子都不会原谅我的。"

"阿呼小姐。"

"绝对——唉，都是我自作自受。"

"那个……你和宫下学长之间究竟发生了什么事，能不能告诉我们？我并不喜欢打探他人的隐私，但我们现在得收集任何可能跟他住址有关的情报，能不能请你帮帮忙？"

"简单说一下……"露咪小姐又给自己的玻璃杯里咕咚咕咚地斟了半杯白兰地，"真的就简单说一下，行吗？我不想说太多。"

"嗯，这就够了。"她也替漂撒学长斟了白兰地，但学长似乎无心喝酒。"你是不是和宫下交往过？"

"简单来说的话，就是这样没错。"她大口大口地喝起酒来，就像在喝茶一般,我看着都觉得紧张。"我们第一次见面是在去年秋天。小伸打工的上司是这里的常客,小伸被他带来这里玩,我俩意气相投,一见如故。"

"你们交往了多久?"

"一直到今年六月——不,五月左右吧!总之,到休假期结束时我们的关系已经变得非常糟糕,谁都看得出我们不可能重修旧好。"

"那个,我知道这个问题可能有些失礼,不过,我还是想问到底是为什么?"

"还是简单地说,都是我不好。该怎么说呢?或许你们会认为是我自作多情,但我觉得他其实是真心喜欢我的,这点绝对错不了。也许只是我一厢情愿吧!总之,我们相爱,却不能在一起。男人和女人分手的理由永远都是一样的,你们知道是什么吗?"

突然,露咪小姐的眼睛今晚第一次闪烁出光芒,像是有某些物质沉淀下来一般。小兔和高千明明是第一次跟她见面,她却以莫名幽怨的眼神缓缓地轮流注视着她们,仿佛从前世开始就跟她们结下过宿怨似的。

"你们都以为男女会分手,不是因为吵架,就是因为其中一方变心,是不是?其实不是,并不是这样的。男女之间不会因为这种事分手,这反而有助于深化彼此之间的羁绊。并不是因为这个……啊,遭了,我活像个爱说教的臭老头。"

她的脸上浮现出干瘪的笑容,仿佛是想掩饰自己方才露出的阴沉眼神,然后猛地喝了一口白兰地。琥珀色的酒如蛇一般沿着露咪小姐的白色喉咙滑下。

"男女之间分手之日,便是其中一方失去自信之时。什么自信?自己无条件被爱的自信。只要这个自信没动摇,即使发生一点小误会也没关系。可是啊，这是不可能的。你们喜欢上一个人的时候，能够永远保持无条件被爱的自信吗？一般人做不到的，总会忍不住怀疑自己够格吗？配得上对方吗？一旦开始怀疑就完了，所以大部分爱情都以分手收场。我也一样，和小伸上床的当天就失去了自信：我大他十几岁，要是有个对他有好感，又比我年轻许多的女孩出现，一切就结束了。接下来就是常见的模式——没有被爱自信的人总会试着以物质来留住对方的心，比如赠送衣服之类的。我也是这么做的，但还是不行，他的心越离越远。试想，他也不是白痴，当然知道我想用物质留住自己。但这是一种很让人反感的行为，因为以物质留住对方，等于是强迫对方做自己的奴隶。当然，我并没有这种打算，我只是想得到他的爱。可是，从对方的角度来看的话，这根本不是爱。恶性循环，这是恶性循环啊！他对我越冷淡，我就只能投入越多物质，最后便走上了标准的分手路线。或许你们会觉得这是强词夺理，但我认为小伸忍无可忍地离开我，正是因为他真心爱着我——至少我希望如此。你们想想，既然我想用物质留住他，他大可以利用这个机会大捞一笔，但他没这么做，代表他至少是真诚的……这果然是强词夺理，是吗？我害怕想象自己其实不曾被爱。唉……总之，事情就是这样。因为我不断地做出一些让他反感的行为，小伸才逃走的，仅此而已。但我弟弟一郎不这么想，他以为小伸是那种玩腻了我就扔的狠心男人，气得说要把他打个半死。我再怎么解释，他都不听。所以你们两位上次被错当成小伸，才会吃到那种苦头。话说回来，吃到苦头的或许是我弟弟呢！他应该是头一次尝到那种恐怖的滋味！对他来说，也算是一剂良药吧。"

露咪小姐又猛地喝起了白兰地，直让人担心她会不会得胃穿孔。她的眼睛盯着半空，就像是在朗读绘本给我们听似的。

谈话中断了。露咪小姐皱着脸，似乎是因为无法顺利翻到下一页而有些焦急。或许她是在寻找一种尽量不伤害自己的说法，又或许是在搜索记忆。如此认为的我们静静等待着，但等了很久，露咪小姐的口中依然没有吐出下一句话。

"请问……"漂撒学长再也等不下去了，探出身子问道，"然后呢？"

"然后？"露咪小姐犹如午睡被突然吵醒似的瞪大了眼睛，"就这么多。"

"就这么多？"

"就这么多。对不起，我知道的真的只有这么多。在知道小伸搬家以后我也找过他，那时候我很惊讶，难道他就这么讨厌我吗？不过，冷静一想，小伸倒不见得是在躲我，应该是想避开一郎他们吧。"

"结果你到最后也没能查出宫下搬到哪里去了吗？山田先生也一样？"

"嗯，应该是的，我想他应该完全没头绪吧！要是找到了，我那个啰唆的弟弟怎么可能保持沉默？一定会像砍下了妖怪的头颅一样，得意扬扬地跑来向我报告。不过，到目前为止，完全没有这种迹象。"

"阿呼小姐。"

高千突然开口，她和漂撒学长一样，完全没碰眼前玻璃杯里装着的白兰地，而是目不转睛地凝视着露咪小姐。

"什么事？"

"我这么说，或许有点失礼——"

"不用拘礼、不用拘礼。什么事？"

"你是不是有所隐瞒？"

"我？"方才或许是出于一般对年轻女孩抱有的敌意，露咪小姐总是用别有含义的眼神瞪着高千和小兔，但现在的她一反刚才的样子，浮现出了愉快的笑容，让我不禁怀疑其实她是不是早就等着别人指出这一点。"有所隐瞒？为什么这么认为？"

"没有什么具体的根据，单纯是直觉而已。"

"你长得很漂亮，个子又高，像模特一样。不，不必谦虚，这是实话，而且你又年轻。年轻，对，真的很年轻。到头来还是这点最重要。年轻就像是……啊！不行，我简直像个喝醉酒的大叔在发酒疯一样。你啊，有过我这种经验吗？"

"阿呼小姐的哪种经验？"即使面对不需要使用连词便能改变话题的露咪小姐，高千的声音依旧清澈，"没有无条件被爱的自信，结果亲手毁了原本可以维持的关系吗？有啊！"

"你有？"

"只不过，对象不是男人，是个十六岁的女孩。"

"原来你是那种性向啊？"

"不能一概而论吗？阿呼小姐，我就单刀直入地说了。我觉得你知道宫下学长人在哪里。"高千抢了露咪小姐的拿手绝活，没用连词便转换了话题，"不，或许你并非直接知情，但手上有类似线索的东西，想查就能查得到。然而你并没有去查，是为了从弟弟手上保护宫下学长。我刚才也说过，这话没有任何具体的根据，但我就是这么认为的。"

"你们……"

不知是想敷衍高千，还是因醉意而导致思绪散乱，露咪小姐突然环顾我们一周，而她口中吐出的话语，竟比态度来得更为突兀。

"认识一个叫滨口美绪的女孩吗？"

为何会突然出现小闺的名字？见我们满脸迷惑，露咪小姐不知何故,露出了心满意足的表情。

"去问问她关于小伸的事吧,我想她一定知道。"

美国佛罗里达州圣彼得堡与日本的时差约为十四个小时。我们谢过阿呼小姐并离开"丝丽绮"后,便跑到漂撇学长家,由小兔作代表给瑞秋家打国际电话——当时是晚上九点,在圣彼得堡应该是八月十六日早上七点才是。

小兔的电话打了许久,英语中偶尔混杂着日语,估计和她说话的应该是瑞秋吧。但不知何故,一直没换小闰本人来接。这个谜团在电话开始约三十分钟后才解开。

"……瑞秋说小闰不在。"小兔重重地放回话筒,一双大眼睛中罕见地充满了怒意,"不在她家。"

"怎么回事?"比起报告的内容,漂撇学长似乎更对小兔的愤慨感到迷惘,"她出门了吗?"

"什么出门,从一开始小闰就根本没去佛罗里达!"

"那、那……"岩仔似乎也是第一次见到小兔生气,露出一副怯生生的样子,似乎是在犹豫自己该不该发问,"小闰现在人在哪里?"

"瑞秋说她不知道,可能是在纽约,也可能是在加拿大,总之在北方的某地旅行。而且……"小兔自行加入"天啊"等表达难以置信之情的修饰语,"还是和宫下学长在一起!"

当然,我们最先担心的是岩仔。小闰和宫下学长一起到北美旅行……任谁听了这句话,都不可能会错意。他们俩瞒着我们,早已发展成那种关系了。

岩仔的眼睛和嘴巴都大张着,陷入了茫然失措的状态。也难怪,别说是岩仔,连我们也没想到被管得严严实实的"超级乖女"小闰竟会有个关系如此亲密的男朋友。

岩仔原本一定以为自己机会很大吧。毕竟，他为了小闺，连犯罪的事都做了。

当然，以这种形式施恩并借此来束缚对方的做法并不值得赞许，而我想岩仔也没无耻到借这份恩情让自己站到相对优势的地位上去——我希望没有。但纵使岩仔心无此念，想必依旧有被人背叛的感受。换作我是他，只怕早已不顾旁人的眼光号啕大哭起来了。

"怎、怎么回事？"岩仔虽然眼眶已经有些湿润，但还是选择先把事情弄清楚，"到底是怎么一回事？"

把小兔从瑞秋·华莱士那儿问到的内容整理一下，大致如下所述。

瑞秋去年十月尚在安槻大学进行短期留学时，曾受小闺所托，帮助她进行某个"计划"。而那个计划是这样的。

小闺隔年（也就是今年）夏天想和某个男人出国旅行，但若她正面表示想出国玩，她那严厉的父母根本不可能答应。因此，她想假装去预定于今年四月回国的瑞秋家里寄宿，希望瑞秋能加以协助——当然，这一切都是小闺秘密进行的。

瑞秋原本就对滨口夫妇那种自以为是的管教女儿的方法抱着批判态度，因此答应小闺会积极协助她——她甚至表示小闺都二十岁了，和男朋友一起旅行是天经地义的事。

于是乎，今年一月，父母允许自己赴美后，小闺便开始认真地准备起来。毕竟她的父母可是提出了"在圣彼得堡滞留期间，必须每天写信用航空邮件寄回家中"的条件。

为了让印有佛罗里达邮戳的信件能每天寄回位于安槻的家中，小闺事先便在家里写好了一个月分量的信件。不用说，为了追求真实感，瑞秋早已对她描述过佛罗里达的整体印象以及圣彼得堡的街景等细节。当然，不光是写给自己的父母，给好友小闺的信她也全都事先写好了，然后将信件托付给四月回国的瑞秋。而瑞秋便依照信的末尾所记载的日期，每天按部就班地将手上的邮件从佛罗里达寄往滨口家。

和信件一起放在信封里的照片自然也是捏造的。她谎称就读的英语学校的照片，是让瑞秋直接前往拍摄并随信寄回的。那我们看见的那张小闺身穿印有大学标志的T恤照片又是怎么来的？手法很简单，小闺拜托四月回国的瑞秋替她购买大学的周边商品，然后邮寄到日本来，而她就在自己家里穿上T恤自拍，接着把照片寄给佛罗里达的瑞秋，再由瑞秋随信寄回。换句话说，那张T恤照片在太平洋上往返了一趟。

"她还真能干，"漂撇学长已然超越惊讶而进入佩服的境界了，"竟然想了这么多花招。"

"然后呢？小闺暑假期间都会一直和宫下学长待在北美？"

"不，二十五号会到瑞秋家去。你想想，她回日本的时候总得带点佛罗里达的纪念品或者照片来给她父母和我们吧？所以只有最后几天，他们真的会待在圣彼得堡，一次性买齐所有圆谎用的证物。"

"等一下，现在最关键的问题是小闺和宫下两人目前在北美的哪里？瑞秋不知道吗？有没有联络方式？"

"不行，她说她完全不知道，因为小闺说他们要随心所欲地四处旅行。不过她确定，他们二十五号会来圣彼得堡。"

"哪能等到二十五号啊！"

"所以我交代瑞秋，假如他们联络她，请她让宫下学长立即联络老家。宫下学长他母亲发生意外的事，我也说明了。"

"真是的!"

漂撇学长判断我们已无能为力,便叹了口气,自行拿起话筒,打电话到宫下学长的老家去。当学长告诉他们宫下似乎正在美国旅行时,即使是耳朵没有直接贴在话筒上的我们,都能清晰地感受到电话的另一端的强烈怒气和困惑。

"……那小子也真是的,至少说一声再去嘛!"漂撇学长满脸疲惫地放下话筒,让我不禁觉得即使是被山田一郎又打又踹时,他的样子也比现在显得精神许多。"就算不能对我们说,至少跟家人说明原委啊!结果闹成现在这个样子。"

"要是自己偷偷和女孩去旅行期间,母亲却死了,他事后一定会良心不安吧!"岩仔喃喃自语着。他沮丧的程度用肉眼都能测量出来。"要是他俩因为这件事而闹得不愉快,说不定最后会分手……"

岩仔如大梦初醒般地抬起头来,脸颊泛红。他发现自己表面上是在叙述一般性的推理,实际上却只不过是在吐露自己的愿望,自我厌恶宛如浓汁似的渗出。

"对不起……我刚才真是太卑鄙了。"

"你跟我道歉干吗?再说,岩仔你根本不必向任何人道歉,该道歉的是小闺。"

"喂!"小兔焦急地扭动着身体,"岩仔和小闺之间到底发生了什么事啊?之前就好像另有隐情了,只是我觉得问东问西不好才没提的。但我现在忍不住了,谁来给我说明一下嘛!"

"啊……对哦,只有她一直被蒙在鼓里。"岩仔似乎是从心底感到愧疚,对小兔低头道歉,"事情都变成这样了,说出来也无所谓了。可以说吧?"

明明是他自己的秘密,但听他的口吻,仿佛要漂撇学长的许可才能说。

"不过,我自己不好说,你们谁能不能替我……"

于是,便由高千向小兔说明了栈桥公园弃尸案其实是岩仔干的好事。明白事情的原委后,小兔显得相当义愤填膺。

"天啊!小闺怎么这样!过分、过分、好过分!做得太过头了吧!她和宫下学长瞒着我们偷偷去旅行,我就已经很生气了。然而她还装模作样地寄那些假信和照片来,不仅如此,竟然还指使岩仔做那种事,太差劲了!我说不定会和她绝交!"

"现在想的话,很容易就能理解小闺当时为何对于接受警方调查显得如此抗拒。"似乎是因为小兔的代为愤慨,岩仔变得冷静下来,"我们都以为是因为她太过期待佛罗里达之旅,而实际上是因为她等不及要和宫下学长相会。"

"她当时还说要死给我们看呢!要是延期出发,和宫下学长在一起的时间就会缩短。对小闺来说,这是她处心积虑才赢得的宝贵的一个月,连一天都不能浪费。"

"不过他们两个还真是费尽心机啊!"小兔大概是气累了,耸了耸肩,很不淑女地往前伸出穿着牛仔裤的双腿,"简直把我们骗得团团转。你们还记得吗?上个月十五号,我们为小闺举办饯行会时,宫下学长说暑假要一直待在老家,小闺还装模作样地叫着:'哎?不会吧?真不敢相信!'两个人闹得很不愉快呢!"

"哎?有这种事吗?"

这么一说,漂撇学长当时正好离开座位去了洗手间。虽然事后他也从别人那儿听说了宫下学长打算回老家,却完全不知道当时一触即发的状态。

"现在回想起来,他们两个是在演戏,想对我们不露声色地强调他们俩今年暑假将分隔两地。"

"可是……"岩仔再次露出悲伤的眼神,"有必要秘密到这种程度吗?瞒着父母也就算了,连我们也……"

"当然是因为山田一郎啊!他怕被抓到打个半死,因此慎之又慎,结果变得有点神经质——"

"喂,各位。"高千对漂撒学长的家相当熟悉,只见她从厨房的冰箱里拿出罐装啤酒,给每人发了一罐。"我现在在想一件奇怪的事。"

"奇怪的事?是什么啊?"

"要是你们没喝醉的话,我想这些话无论是说的人还是听的人都无法忍受。"她特地将亲手打开的还在冒泡的啤酒递给我,"这是我的想象,或者该说是妄想,就和上次匠仔一样,他的毛病好像传染给我了。"

"妄想?什么妄想?"

"我刚刚突然想到——莫非小闺和宫下学长短期内没有回日本的打算?"

"你的意思是,就算暑假结束也不回来?"

"没错,或许他们打算在美国待个一年半载吧!"

"可是,这样的话……"

"当然,得向大学办理休学,休学申请书只要从美国寄回来就行。这个假设不算太扯吧?"

"难道说你还有更扯的假设?"

"嗯。我担心的是下列这种情形——宫下学长的确打算待个一年就回日本,但小闺却完全没这么想。"

"那当然啊!她九月不回来的话,会被父母骂死吧!"

"不,正相反。"

"相反？什么相反？"

"或许小闺是打算和宫下学长私奔呢！"

"私……"

私奔？代替词穷的漂撇学长大叫的，是小兔和岩仔。他们两人像螃蟹一样，嘴角吐着啤酒泡沫。

"假设宫下学长就打算待一年好了，他潜伏在美国的理由，应该不用我再说了吧？是为了逃避山田一郎，为了逃避山田一郎因他抛弃阿呼露咪小姐而进行的报复，所以才跑到美国去避风头，等事态平息下来。这点任谁都能用膝盖想得出来。"

"那小闺呢？难道她不仅仅是想和宫下享受短暂夏日的恋爱冒险吗？"

"小闺自认为她是和宫下学长一起私奔到美国，因为宫下学长就是这么骗她出国的。当然，我没有确切的证据，只是有这种感觉。"

"我还是不明白，如果他们俩的想法彼此之间有如此大的隔阂，事情会变得很难办吧！而且最难办的不是别人，就是宫下自己。他干吗要特意撒这种事后会让自己陷入困境的谎？"

"宫下学长在美国逃亡期间，必须要带小闺同行。但如果他实话实说告诉小闺只是暂时避避风头，小闺或许不肯跟来。因此，他才谎称是私奔，好让小闺高兴，然后顺利说服她。"

"我就是这里不明白啊！相比暂时避风头，私奔可要严重得多啊，这点道理只要稍微想想就能明白吧？为什么反而要谎称私奔才能成功说服小闺？"

"小漂，你也是男人，应该能理解吧？假如你打算跟某个女人来段一夜情，这时你会怎么说服？老实跟她说'我只打算和你睡一晚'吗？不会吧！我估计你应该会拿结婚之类的长期发展作诱饵来引诱对方，是不是？"

"哎……哎……"似乎是想起了自己泡妞时的体验，漂撇学长露出无所顾忌的表情，"这个嘛，唔，怎、怎么说呢……"

"确实，还是学生就想私奔到美国，太不切实际了。"高千无视他，继续说道，"甚至可以说毫无计划可言，这个道理连小学生都懂。但站在小闺的立场上来考虑的话，或许她是这么认为的——虽然明白私奔的确很严重，但只要相信宫下学长，跟着他就总会有办法的。"

"怎么可能……"

"只要依靠男人就好，反过来说，现实的严酷，只要男人成为大坝挡住就好——很遗憾，有这种观念的超保守女性还多得很，我想小闺大概就是这种类型的女人。别忘了，现实中她可是被严格到不近人情的父母给管教着。我想小闺一定很想从中逃离出来，从死气沉沉的父母那儿逃离出来，变得自由。宫下学长正是利用了她这个愿望。"

"请问……我可以插个嘴吗？"岩仔就像在教室里征求女老师允许发言的中学生一般，战战兢兢地举起手来，"我有个地方很在意。高濑的意思是说，宫下学长想要逃避山田，顺便让小闺同行。可是，这有点不合理吧？不，这确实是十分可能的假设，但在这种情况下，你不觉得时间上很奇怪吗？"

"怎么说？"

"小闺向瑞秋提出自己的'计划'并请求协助是在去年十月份，对吧？而她从父母那儿获得赴美许可是在今年一月份。但另一方面，宫下学长和那个阿呼露咪小姐的关系却一直维持到今年五六月份啊，不是吗？"

"所以呢？"

"不……所以算起来对不上啊!要是真如高濑所说,那宫下学长就是去年十月份,也就是和露咪小姐认识不久后就已经开始计划这次的逃避之旅了。"

"没错啊!就是这样。"

"哎……哎,可、可是……"

"去年秋天,和露咪小姐已经相识的宫下学长在和她发生关系后,立刻领悟到自己沾上了不该沾的女人。对方有个干票据欺诈的不正经的弟弟撑腰,如果继续和她纠缠不清,肯定不会有好果子吃。不过,他已经和露咪小姐发展成了亲密关系,要是轻易分手,她弟弟不可能善罢甘休——这一点很容易就能想到。所以他立刻做好休学的思想准备,开始着手计划直到事态平息的逃避之旅。当然,前提是让小闺同行。"

"这么说来,宫下学长从一开始就劈腿喽?他同时跟露咪小姐和小闺两个人……"

"我想应该并不只是脚踏两只船这么简单。"

"简单?脚踏两只船叫简单?"

"岩仔,你喝点酒吧!要不要来点更烈的酒?我接下来要说一些过分的话。之前匠仔在发表妄想之时不是特地要求我别生气吗?这份心情我现在很能理解。"

"我不要紧啦,高濑。"岩仔的脸上虽然微露困惑之色,却仍豪迈地一口气干了啤酒,"尽管说,尽管说。"

"我不知道宫下学长为何会将美国选作逃亡地点,或许他认为光逃到别的县还不足以甩开那个山田。会染指经济犯罪的多半是高级知识分子,而且做这种事的一般也有一定的移动能力,所以要是留在日本,只怕不管到哪儿都逃不出山田的手掌心——至少宫下学长是这么想的。因此他一不做二不休，索性决定逃到美国。接下来就是问题了：宫下学长为何要让小闺同行？我想，应该是因为去的地方是美国。"

"因为去的……是美国？什么意思？难道是因为宫下学长英语不好，所以要带一个翻译？小闺虽然是英语系的，但听说英文也没多流利啊……美国人也不是个个都和瑞秋一样懂日文。"

"不通英文确实是个理由，换句话说，宫下学长应该是担心自己无法用英文进行沟通，到了美国会缺女人。"

我不禁心惊胆战，就好像自己做了什么坏事被指出来一般。大概因为我好歹也是个男人，所以条件反射般地心虚了吧。

"当然，即使无法沟通，买春应该还不成问题。只不过，日本人在色情解禁国中显得最为突兀，容易被人瞧不起。再说，就算他打工赚钱，还是得省吃俭用，恐怕没闲钱买春。既然如此，只要从日本带一个过去就行——简单来说，这应该就是他的打算吧！"

"好……"小兔气喘吁吁，似乎好不容易才追上高千的妄想。她无法判断自己该做何反应，索性大口喝起酒来。"好惊人的打算。"

"被选中的就是小闺。她一心想逃离味同嚼蜡、死气沉沉的家庭，很容易就被私奔这种加了冒险佐料的甜美诱惑给欺骗了——宫下学长这么考量，事实上也的确如此。"

"可是啊，高千。"我忍不住插嘴，事后才发现这是自己第一次以"高千"这个绰号来直接称呼她，"假如真是这样的话，那小闺拜托瑞秋替她寄的那些航空邮件又该怎么解释？既然小闺自认为这是私奔，应该早豁出去了，从一开始就根本没必要大费周章地做那些伪装工作啊。"

"即使小闺本人决定豁出去，宫下学长也会要她这么做。因为他并不打算永远离开日本，更不打算跟小闺白头偕老。他得替自己留条后路，在利用完小闺甩掉她之时，如果有必要的话可以随时将错就错——我从一开始就只是打算去旅行，只不过行程延长了而已。如果不把与这条伏线相关的可能性伪装全部做好的话，事后就没有借口推脱了——不管是对于小闺，还是对于大家。就这么简单。"

"喂喂，高千，求您高抬贵手！"被山田一郎又打又踹时依然嬉皮笑脸的漂撒学长，现在却哭丧着一张脸，"不用说得这么过分吧，简直把宫下的人格说得卑贱无比！我现在心情变得好差。"

"对不起。不过，我不是事先申明过这只是我的妄想吗？"

"对啊！这些话的确不适合在清醒状态下听。我来喝点儿苏格兰威士忌吧！匠仔和岩仔呢？"

"给我来一杯。"

"我也要！"

"话说回来，就像之前匠仔的假说纯属想象一样，我的这个当然也是，所以说不定跟现实并不相同啊！"

"我个人祈祷完全不同，真的。"

然而，遗憾的是，事后我们才明白高千的假说并非妄想，甚至相当接近真相。而我们要知道这个事实，还得等上一段时间。

"我想，与其说宫下学长如何如何……"高千说话的语气跟说话的内容正好相反，完全没有打圆场的意思，"不如说是我个人的问题吧！"

"什么意思？"

"简单地说，我就是用这种眼光看待男人的，所谓男人，说到底不过是把女人当作排泄用的马桶而已。岂止如此，我甚至认为这种不追求女人精神性的态度正是男人的象征。"

"我是不想说什么自以为是的话啦,不过高千,你这样看待男人,表示你和物化女人的男人一样啊,只不过你是物化男人而已!"

"嗯,我知道。"高千从学长手中接过小酒杯,倒入苏格兰威士忌,一饮而尽,"今晚的我很坦诚吧?"

"是啊!坦诚得有点恐怖。"

"追根究底,我是蕾丝边的谣言应该也是这样来的。"

"哎?你不是吗?"

"谁知道呢?"高千笑眯眯地看着脱口而出又慌忙捂住嘴的岩仔,"我认为自己是一般性向,不过有时候也会喜欢上女孩子。"

"是那个吗?"虽然稍微有些迟疑,但漂撇学长还是决定趁机问个清楚,"你对露咪小姐说的,与十六岁女孩的悲恋……"

"正确来说,现在是十八岁。当时我才十八岁。"

"我还是第一次听说这些呢,"小兔或许是不愿过度显露好奇心,所以显得有些节制,一反常态地静静坐着,"高千念的是女校?"

"不,普通的男女合校。为什么这么问?啊——我懂了,原来如此。不过,这种事并非女校的专利。再说,假如我读的是女校,或许反而不会有这种经验。正因为周围有活生生的男人,才会看见他们丑陋的一面。要是我活在只有女人的园地,说不定反而会把男人理想化,女孩子什么的可能就变得无所谓了吧!不过这种环境决定论说得再多,也只是空谈而已。"

"变成空谈的原因并不在于环境决定论,而是你把事情一般化了。"高千的语气虽淡然,但听了这番话的漂撇学长却显得相当心痛,"你喜欢上的不是对方的性别,而是那个女孩本身,这才是问题所在吧!"

"是啊!原本只是个别问题,我却将它一般化来思考,或许这才是所有悲剧的原因吧！没有无条件被爱的自信——这正是喜欢上女孩时最大的障碍。因为即使现在这个女孩再怎么爱我，最终还是会投向男人的怀抱——我老是无视对方的心情，理所当然地进行一般化的思考。一旦发展到这个地步，就无法挽回了，接着就会像雪球一样从嫉妒的斜坡上越滚越大。"

高千罕见地说了这么多有关个人问题的话，应该是因为对于阿呼露咪小姐的告白有所触动。更重要的是，她想避开跟宫下学长的母亲有关的话题，这份心情是如此地强烈。不光是她，其他人也有相同的感受。结果，当晚我们五个人便一边喝着苏格兰威士忌，一边聊着无关紧要的话题，直到天亮。

宫下学长的母亲便是在凌晨四点过世的。

第二天夜里，我们再度齐聚于漂撇学长家，接到了这个噩耗。

怨念恋人

当我被捏住鼻子，因呼吸困难而睁开眼时，我那仍是一团糨糊的脑袋便迷迷糊糊地察觉到这必定是高千所为。事实上，我抬头一看，棉被旁的果然是高千。她弯着膝盖，腰部微微抬起，正盯着我的脸。

"你要睡到什么时候？已经十点多了。"

"哎……"

我完全清醒过来，往四周看了一圈，发现这里是我住的公寓房间。见高千在我身旁，我原本以为又和平时一样，一伙人聚在漂撒学长家喝到天亮然后就地睡下，但看来并非如此。

"哎……那个，高千，"一瞬间，从昨晚开始的确切记忆还没有回到我的脑袋里，我感到一阵混乱，"你是从哪里进来的？"

"当然是从大门进来的啊！"高千站起身来，猛地拉开窗帘，"先说清楚，我进来之前敲过好几次门了，不过你吭都不吭一声，所以我就自己进来了。"

"可是，"阳光如洪水般从窗户一拥而入，让我觉得身体几乎要融化一般。"锁呢？"

"你根本没用那种文明开化的时髦玩意儿。"

"看来我又忘记上锁了啊。"

仔细一看，我还穿着衣服，含有一股酒臭味的汗液黏糊糊地缠绕全身。高千打开窗户,从外面吹进来出奇凉爽的风,让我有种获得重生的感觉。

我似乎是喝得酩酊大醉,回家后就直接倒头睡了。

"唉,常有的事。"

"总有一天你会死在路边的。"

"我也觉得。"

"早报看了没?"

"还没,我哪有办法看啊?在被你叫起来之前,我一直都在睡梦中啊!"

"报纸在哪儿?我在门口没看到啊!"

"我根本没有那种文明开化的时髦玩意儿啦!"

"电视也没有,收音机也没有。"高千的双手像螺旋桨一般水平伸直,看起来像是搅拌着六叠大小的房间中刚刚替换过的空气,"我是第一次来你家,果然名不虚传,你简直可以成仙了。你这样怎么接触世上的信息啊?"

"去学长家时我会看电视,还有报纸、周刊之类的我也会看。"

"真是的,早知道这样我就带报纸来了。虽然我略有耳闻,但没想到你竟然连报纸都没订,真是服了你了——快点儿准备吧!"

"哎?"

"到有报纸的地方去,当然,还能顺便吃个饭。"

"有什么值得注意的新闻吗?"

"会让你的宿醉瞬间飞到九霄云外哦!"

平时冷漠得教人怀疑她缺乏感情的高千竟然会这么说,那肯定是超百万吨级的报道!我慌忙爬出被窝、更衣洗脸,然后跟她一起离开了公寓。

"房租……"高千微侧着脑袋，回头看着这栋老旧的木造灰浆建筑物，"多少钱啊？"

"没浴室，厨房和厕所都是公用的，你差不多已经猜到多少钱了吧？把你想象的金额再减去一个零，就得到房租的近似值了。"

"我听说'I·L'的时薪似乎不错啊。"

"嗯，相对来说是不错。"

"你完全没想过把薪水多少回馈到文明开化的生活方式上吗？"

"想过啊！可凡事总得有个先后顺序嘛！"

"其中排第一的是啤酒？"

"其中排第一的就是啤酒。"

"你很快就会死于肝硬化的。"

"我也这么觉得。"

"至少买台电风扇嘛！不然在肝硬化之前会先死于中暑。"

"我也这么觉得。"

"再怎么说，现在每天晚上这么热，居然有人把窗户和窗帘都关上睡觉，简直不敢相信。"

"我也这么觉得。"

我原本以为高千会顺道邀请漂撇学长等人，没想到她并没有去任何人的住处，而是直接走进了"I·L"。

老板依旧不在，迎接我们的是带着笑脸的老板娘和跟我不同时段的打工女生。店里的客人坐了半分满，几乎都是安槻大学的学生。他们瞧都不瞧一眼店里的电视正在重播的时代剧，每个人都在专心致志地看着漫画杂志或者周刊，全神贯注得直让人想笑。

"总之——"高千完全无视我的意愿，点了两份中午特餐，然后又把从杂志架上取来的本地报纸在桌子上摊开，"你看这个。"

首先映入我眼帘的不是高千所指的报道，而是日期栏上的八月十九日。终于，啊！对，今天是十九号——我总算能稍微整理一下记忆了。

"杂木林中发现身份不明的男尸——"

关键的报道便是如此起头的。

十八号下午五点左右，开车旅游的民众在安槻市XX町国道沿线的杂木林中发现了疑似男性的尸体，随即报警。

由于尸体已经出现了相当严重的腐坏，甚至已经开始白骨化，推测已经死亡一个月至三个月左右。虽然头部有伤痕，但确切死因不明，警方已从事故和他杀两个方面展开调查。

尸体性别为男性，推定年龄为二十岁至四十岁，身上并无任何能够证明身份的物品……

"这个报道到底哪里——"我以为自己基本上已经全部看完，摸了摸鼻子，抬起头来，"可以让我的醉宿瞬间飞到九霄云外去啊？"

"好好看到最后，匠仔——这里，看这里！"

"此外……"高千所指之处还有如此下文，"尸体旁边放着女性的丝袜，其中塞有疑似属于人类的长毛发，因此县警局和安槻警署共同调查小组将针对本案与上个月十六日于栈桥市民交流公园发现的女尸之间的关联进行调查——"

哎——我情不自禁地发出响彻店内的奇妙呻吟声，感觉沉淀于体内的酒精似乎一瞬间蒸发了。可是现在并不是抱着宿醉的脑袋呻吟的场合。

"这……这是……"

"清醒了？"

"这、这件事学长他们知道吗？已经通知大家了吗？"

"不知道。假如他们看了报纸，应该知道吧！现在大家都不在，想问也无从问起。"

"不在？为什么？"

"你还没睡醒啊？匠仔。小漂他们不是去了宫下学长家吗？"

听她这么一说，昨晚的记忆总算清晰起来。今天，也就是十九号，宫下学长母亲的告别式将在老家举行，我记得应该是从中午开始。

原先我们打算全体出席，连我都开始整理唯一的一件黑色西装，但有很多朋友并未见过宫下的父母，如今宫下不在，一群未曾谋面的人大张旗鼓地一拥而入，似乎有些不妥，因此最后决定由去宫下老家玩过、见过伯母并曾受过她招待的小池先生和年纪最大的漂撇学长两人作为代表，带着众人的奠仪前往上香致意。我记得开车去宫下学长的老家得花两三个小时，从时间上来看，他们俩应该早已出发了。

"对啊！完了……"

"哎？怎么了？"

"漂撇学长啊！我本来还打算今天早上在他出发之前替他检查衣服够不够正式，但却忘得一干二净。"

"你怎么说得像是他老婆似的。别担心，小漂是穿着笔挺的黑色西装去的，白衬衫我替他烫过了，就连络腮胡子也让他剃掉了。"

"是吗？那就好。不过……"

"不过什么？"

"我觉得说这些话的高千更像他老婆。"

"你别这么说，"高千抱着头，露出害羞的表情，那样子我看了

177

情不自禁笑出声来。"有时候连我自己都会嫌弃自己，干吗要搭理那种人？就算他老来烦我，只要完全无视他就好了啊。可是一回过神来，又和他混在一起了。"

"那是——"因为你对漂撇学长抱有某种畏惧吧？我本想发表一番原来的论调，却担心高千会变得更加沮丧，便打消了念头。

"什么？"

"那个戒指是？"我不经意间瞥到高千无名指上闪着光芒的银环，便赶忙以此蒙混过去。不过我是第一次注意到她带着戒指，因此也有一部分是好奇心作祟的缘故。"好像不是学长送的吧？"

"当然不是啊！拜托，就算是开玩笑也别说这种话，行吗？"

虽然我点了点头，但仍然有些心不在焉。戒指，戒指……我突然觉得自己最近曾有过与戒指相关的重要体验。然而，虽说因为新闻报道的原因我已经清醒过来，但脑袋的角落里依然沉淀着酒精，使我无法顺利地搜索记忆。

高千见到我发呆的样子，似乎误以为我对她的戒指极为感兴趣，竟然缓缓将它取下，放到我的眼前。

"……干吗？"

"给你。"

"你说什么啊？突然间就……"

"我看匠仔你一脸很想要的样子。"

"啊，不是啦！我是在想别的事。抱歉，这么毫无顾忌地盯着你的戒指。"

"不过，这对我来说正好是个拿掉戒指的好机会，不管你是不是想要。"

"什么意思？"

"说来简直不可思议,我一直没注意到自己居然还带着戒指。我早已打算不再留恋,所以应该说这只是单纯的惰性吧!"

"这么说来,莫非这是从你上次提到的那个女孩那儿……"

"仔细想想,我们当时玩的游戏还真可爱,竟然交换这种便宜戒指。那时的我似乎太幼稚了。不过,也是时候跟过去一刀两断了——之前露咪小姐不是也说过吗。"

"一刀两断……"

这次我清楚地感受到有什么沉淀于意识深处的东西正在刺激着我,但明确的画面依旧未曾浮现。

"怎么了?"高千一边看着因过于焦急而戳着自己额头的我,一边将取下的戒指放入包中,"祈祷啊?"

"没什么。别说这个了,岩仔和小兔呢?"

"我去过他俩住的地方了,但两个人好像都出去了,不在家。没办法,我只好和匠仔分享这则新闻啦!"

"那还真是多谢你……"也就是说,我的公寓是最后,而且还是顺便……或者该说是礼节性地去了一趟。一想到这点,虽然明明毫无必要,但我还是莫名其妙地有些失落。"想得这么周到啊。"

老板娘将我们点的中午特餐放到桌上,离开之际却带着意有所指的奇怪笑容看着我。我以为她是想要我帮忙看店,便主动开口问她,但她只是低声窃笑,一边挥手一边回到柜台旁。

"她到底怎么了?"

"那还用说?"高千用下巴迎接着即将送入口中的味噌汤,一边保持这样的姿势一边同样露出意有所指的笑容,"当然是在高兴啊!"

"高兴?"

"她现在的心情就像匠仔的老妈一样吧!"

"你到底在说什么啊?"

"因为匠仔老是跟小漂、岩仔、小池先生这些臭男人混在一起啊!你应该没跟我这样的漂亮女孩两个人单独来过这里吧?"

"啊……什么啊?原来是这么回事啊!"

"令人愉快的误解,不是吗?这种事你这辈子不会再有第二次了。"

"我也这么觉得。"

"对了,"高千喝了口凉水,稍微顿了顿,然后用手指弹了弹放在椅子上的报纸,示意我看,"匠仔你怎么看?"

"我的看法和你一样。当然,警方似乎也是这么认为的。"

"你是说和栈桥公园的弃尸案之间有某种关联吧?这次被发现的男人,说不定就是杀害她的凶手呢!"

"嗯,很有可能。"

"不过假如是这样的话,那么问题来了——是谁杀了这个男人?"

"这个男人究竟是不是被杀的,还不清楚呢。现在只知道头上有伤,不一定是他杀啊!也有可能是意外。"

"对啊!搞不好是他杀了那个女人之后,在逃亡的途中从什么地方摔下去了。"

"问题是这个男人带着的——不,还不知道是不是他带着的,总之是掉在他尸体旁的塞在丝袜里的毛发,到底是不是她的?"

"喂,匠仔。"

"干吗?"

"一直说什么'他'还有'她'的,我都快弄混了。在查明他们的身份之前,不如替这两人取个名字,怎么样?"

"X 男或者 Y 女之类的?"

"这种记号更容易弄混,还是取个什么更具体一点的名字吧!比如亚当、夏娃之类的。"

"亚当和夏娃?怎么感觉跟这起案子的被害人不太相符啊!"

"挺好的啊,不过是图个方便而已。"

"嗯,说得也是。"

"那就这么决定啦!在小闺家发现的女人叫夏娃,在国道沿线的杂木林里发现的男人叫亚当。那么现在的问题只剩下——亚当带着的毛发究竟是不是夏娃被剪断的头发。"

"详细情况警方会鉴定,我们只能等结果。不过,我觉得十有八九是夏娃的。"

"我也有同感。不过这么一来,夏娃带着的塞在丝袜里的头发又是谁的?"

"会不会是亚当的?"

"哎?是男人的头发?"

"也不是没可能啊!长头发的男人多得是。"

"可是,光从今天的早报上来看,并没有提到亚当的头发被剪了啊!当然,新闻报道也不一定会把全部信息都写出来,但这次既然是以两案之间的关联为前提进行调查,那么如果亚当的头发被剪了的话,这么重要的信息是绝不可能不写的。"

"说得也是。可如果不是亚当的,那就表明有个头发被剪断的第三者与这两起案子有关,虽然不知道是男是女。"

"那个第三者可能就是凶手。"

"谁知道呢?毕竟凶手为何要剪去头发或者说被害人为何要自己剪断头发,关于这个过程还是可以做出很多假设的。但这个问题又来了——凶手为何要将如此重要的证物留在现场?"

说着说着,我突然歪起脑袋。我总觉得自己的话中似乎有什么不对劲的地方,但究竟是哪里不对劲,我一时之间也搞不明白。

"原来如此。要说是忘了带走,好像也不太可能。这次的案子我不清楚,但在小闺家发现的头发就放在尸体旁,说凶手没注意到似乎不太可能——喂,匠仔。"

"干吗?"

"那两束头发也很容易弄混,干脆给它们也取个方便的名字吧!"

"不能用记号,对吧?"

"尽量别用。"

"那小闺家发现的那束头发就叫'箱子'。"

"因为小闺是'箱中之女'就叫箱子吗?真随便。"

"而这次跟男人尸体一起发现的那束头发就叫'路德'。"

"因为是在国道沿线发现的?算了,反正挺好记的。"

"既然代号都取好了,那就来稍微整理一下吧!首先,和夏娃一起被发现的'箱子'不是夏娃自己的头发,这点已经弄清楚了。这么说来,'箱子'如果不是亚当的,便很可能属于尚未登场的第三者。"

"接着就剩下'路德'是不是夏娃的头发了。我觉得八成是她的。如果不是她的,那就必须得有作为'路德'主人的第四个人物登场才行。"

"嗯,所以……"

'……接下来为您播报新闻。'这道声音传入耳中,因此我闭上嘴巴,转向了电视。不知何时,重播的时代剧已经播放完毕,屏幕里换上了当地电视台主播的面孔。

"针对昨天于国道沿线杂木林中发现的男尸进行调查后,调查小组不久前断定死者是以'米仓满男'为名投宿于市内旅馆的男性。

"根据调查,该男子于上个月十一号单独出现在旅馆,预付了五天的住宿费后住了下来。然而预定的退房日当天,服务员到房间来叫他之时,却发现该男子已经消失无踪,行李却依然放在房间里。旅馆方面担心房客自杀,便报了警。

"由于服务员印象中男子的服装与死者身上的衣服一致,而且从死者的口袋中找到了该旅馆的客房钥匙,因此调查小组认为死者就是这名自上个月起便已行踪不明的男子,目前已制定了进一步加强证据调查的方针。接下来为您播报下一则新闻,市议会今年——'

"唔……米仓满男。这种本土化的名字一出现,不知为何神秘感就没了。还是叫亚当好。"

扑哧一声,我忍不住把满口的米饭喷了出来。

"啊!真是的。匠仔,你真脏哎!我只是开个玩笑,开玩笑!的确,这搞不好是起杀人事件,我却在这说什么神秘感,我承认自己有点儿轻率,但你也用不着这样来表达你的遗憾之情——"

"不……不是的。"

"干吗啊!你到底怎么了?"

"我、我懂了。"

"懂了?"或许是因为我的脸上洋溢着满满的悲壮感,以至于高千也跟着露出哭笑不得的表情。"懂什么?"

"就、就是头发!夏娃的头发!我现在终于明白头发被剪断的理由了。"

"啊?"高千的表情与其说是惊讶,不如说是满脸的狐疑,只见她皱着眉头,或许是以为我在开玩笑,"你突然说什么呢?"

"戒指。"

"哎?"

"戒指!为什么我到现在才发现?这么理所当然的事,明明可以一目了然……"

"等、等等,停一下!"高千用按住即将剥落的壁纸般的姿势制止了我,随即又猛然开始大口吃起剩下的中午特餐,"我待会儿再听,总之先换个地方。"

"啊……说、说得也对。"

但我却彻底失去了食欲。虽然脑袋因为醉宿而疼痛欲裂,但此时却反而很想喝酒。

"去哪儿好呢?去没人打扰的地方比较好吧?"

"去我那里怎么样?"

"别开玩笑了,谁要去那种桑拿般的臭房间?"

"那等学长回来再说?"

"那也不好。怎么想小漂他们至少也得到傍晚以后才能回来,我等不到那时候了。"

"那你想怎么办啊?"

"没办法,"高千喝了口凉水,把嘴里的东西咽了下去,然后迅速站了起来,"去我那儿吧!"

"哎?那、那个,好是好……"

"干吗,你那尿急般的扭曲表情是想怎样?难道你对我的房间有所不满?"

"没这回事啦!那个,高千啊,我问你,你住的地方,那个,有啤酒之类的吗?"

"你这话是认真的吗?"她瞪大了眼睛,就像要生吞活剥了我一般,"你要是哪天得了酒精依赖症,我可不管你!"

"可我在清醒的状态下说不出口啊！"

"那就在路上买吧，用你自己的钱。"

这是我第一次造访高千的住处，其实在这之前我一直都不知道她住在哪儿，我们会面要么是在漂撒学长家，要么是在居酒屋。

去了一看，是座两层楼高、看似普通民宅的白色石灰岩建筑。高千的房间位于二楼最边上，可以从外面直接走消防楼梯上去。

"别出声，跟我来。这里名义上是禁止男生进入的。"

"名义上这三个字还真是微妙啊。"

我一边将路上买来的啤酒轻轻抱在胸前，一边像小偷一般蹑手蹑脚地走着。

高千的住处是一室一厅，她将有限的空间利用得极为充分，可以说没有半点浪费，各种各样的家具简直让我看得目瞪口呆。厨房里特地放了个半圆形的单人小餐桌，应该是为了更加有效地利用放有床铺和书桌的房间吧！我觉得自己似乎见到了高千令人意外的一面，不，说意外或许对她有些失礼。我原本以为她的房间设计会是更男性化一点的豪迈风格——当然这只是我毫无根据的想象。

高千将餐桌边唯一的椅子让给我，自己则从里面房间的桌子旁又拿了一把椅子过来。

"简单来说，就是戒指。"等高千坐下之后，我便打开了罐装啤酒。在从窗户射入的阳光奔流之下喝酒，要说一点也不感到内疚是不可能的，但我只能借酒壮胆。"解开这起事件所有谜题的钥匙，就是戒指。"

"戒指，你说的是……"另一方面，高千已经开始提前为我准备醒酒的东西，只见她把大量咖啡豆倒入咖啡机中，按下按钮。"掉在小闺家餐桌下的那一只？"

"对,那原本是夏娃戴在手上的,从她无名指上的痕迹来看,错不了。问题在于夏娃为什么要把戒指取下来。"

"取下来?你是说……"高千的无名指上已经没有戒指,她却像模像样地做了一次取下戒指的动作。她的无名指和当时的夏娃一样,残留着嵌入肌肤深处的红色痕迹,让我看了就觉得疼。"她是自己取下来的?"

"没错,是她自己取下来的,而不是被别人拔下。顺便一提,夏娃的头发也是如此。起先我们一直以为她的头发是被凶手或者其他人剪断的,可事实并非如此,那是夏娃自己剪断的。"

"等等,夏娃自己剪断的?"一瞬间,高千的脸上露出想抢走我手中啤酒的表情。"是在小闺家吗?你的意思是说她特意跑到小闺家剪自己的头发?"

"对,没别的可能。"

"但她为什么这么做?为什么要特意跑进没人在的小闺家做这种事?"

"我想一开始夏娃并不是这么打算的。她原本是为了其他目的前往滨口家,但她不知道当晚滨口家恰好没人在。"

"其他目的?到底是什么目的?"

"当然是为了去见小闺。"

"可是,小闺说她从没见过夏娃啊……难道说那是谎言?"她的语气仿佛是在说——虽然我不愿这么想,但果然是这么回事。"小闺在撒谎?"

"不,我想小闺应该没有撒谎,至少在这一点上没有。小闺完全不认识夏娃,夏娃却认识小闺,不,她应该没有跟小闺见过面,但知道小闺的存在。因此,她在上个月十五号造访滨口家,但当晚滨口家空无一人。"

"那夏娃发现没人在时,为何不返回?明知道家里没人,为何还特意从没有上锁的落地窗进入滨口家的客厅?该不会是打算偷东西吧?"

"并非如此,夏娃应该完全没这么想过。从状况来看,我确信她只是打算守株待兔而已。"

"守株待兔?"似乎是在埋怨我又说出了没头没脑的话,高千正要皱起眉头,却突然表情一转,脸上闪烁起光芒,"莫非是要等小闺回来?"

"对,夏娃知道小闺预定在第二天,也就是十六号从日本出发前往美国,因此她判断十五号晚上小闺即使出门,也一定会回家,所以才跑进屋里等小闺回来。"

"为了见一个素未谋面的人,不惜擅自闯入主人不在的屋子里?"似乎是决定听完我的假说,高千点了点头,那感觉就像是在说"暂时不和你唱反调","这不太正常吧。"

"没错,夏娃这么做有着相当迫切的理由,也就是说她必须要见到小闺。然而,闯入客厅后,她又改变了主意。"

"什么意思?"

"她看见那里放着小闺用来装行李的旅行箱。"

"旅行箱?"

"看见旅行箱时,夏娃突然灵机一动。不必直接和小闺见面,只要利用这个就能达成自己的目的。"

"到底是什么目的?该不会是偷旅行箱里的东西吧?"

"正好相反。"

"相反?"

"夏娃打算往旅行箱里放入某样东西。"

"不是偷东西，反而是放东西，该不会是定时炸弹之类的吧！"

"在当时那种场合下，或许可以说是类似的东西。"

"哎？"高千原本只是想开个玩笑，但我却干脆地肯定了她，令她大为惊讶。"哎、哎？"

"是戒指。"

"什么？"

"夏娃打算往小闺的旅行箱里放入自己的戒指，就是期待它能发挥定时炸弹般的作用。把自己的戒指放入小闺的旅行箱里，究竟会发生什么——在旅行地点打开旅行箱的小闺将会发现那只戒指，她一定会讶异那是谁的东西。夏娃便是想借此向小闺宣告自己的存在，而这也正是她十五号晚上所有行动的理由。"

"我还是没搞懂，你说她要宣告自己的存在，但我清楚记得你们说过，戒指上并没有刻姓名缩写之类的啊！把这种戒指放到旅行箱里，并不能让小闺知道自己的姓名吧？"

"不知道姓名也无所谓，简单来说，她只是想影射还有另一个女人的存在——别看你现在快活地享受旅行，但他的女人可不只你一个哦，除了你之外，他还有别的女人呢！那就是我！至于证据，看看这只戒指就明白了吧！"

"你是在说宫下学长？"咖啡早已煮好，但高千似乎忘了把它倒进准备好的杯中，"你说的那个'他'，指的就是宫下学长？"

"对，说穿了，夏娃真正想见的并不是小闺，而是宫下学长，打算和别的女人——也就是小闺——一起出国长期旅行的宫下学长。夏娃大概是想在宫下学长离开日本前见他一面，阻止他出国或者狠狠地抱怨一番吧。然而，对于夏娃来说，这根本做不到，她不知道宫下学长身在何处，因为宫下学长瞒着所有人偷偷搬了家。就这样，夏娃失去了怒火的发泄口，因此转而调查名叫滨口美绪的女孩住在哪里，最后跑到小闺家里去了。"

"可是，"高千顿了顿，与其说正在思考怎么反驳我，倒不如说更像是在整理我说的话，以便更好地理解我的说明，"戒指的事我懂了——那关键的头发呢？"

"和戒指的理由完全一样。夏娃取下戒指的时候，突然担心戒指的冲击性或许还是不够。我想那枚戒指应该是宫下学长送给夏娃的，可就像刚才高千说的，戒指上并没有刻姓名缩写之类的。要是小闺打开箱子发现戒指却毫不在意，那该如何是好？说不定小闺会以为是家人不小心放进去的——仅仅是这样而已。夏娃取下戒指时突然想到这个可能性，于是她想出另一个制造自己'名片'的方法，可以更强烈地扇小闺一巴掌。没错，就是那束头发。"

"有件事我想先问一下。"

"什么事？"

"你现在是不是又进入妄想世界了？"

"啊，大概是吧。"

"那我就当成妄想来听喽？"

"这样最好。毕竟把自己的头发当作'名片'放入情敌的行李中，这简直是三流演歌中爱恨纠葛的世界嘛！当然，因为这是突然想到的，她并没有准备任何道具。但妒火中烧、脑袋发热的夏娃已经豁出去了，干脆从滨口家的厨房里拿出料理用的剪刀，一口气剪断了自己的头发。"

"说得好像你真的看到过似的。"

"接着夏娃又用从厨房拿来的橡皮筋，束起头发的两端。然而她转念一想，头发这东西即使用橡皮筋捆着，放入装满行李的旅行箱时也有可能会散开，要是能塞进袋子什么的里面就好了，而且最好是小闺一眼就能看出里面装了什么的透明或半透明袋子……想到这里，夏娃又灵机一动——对了，自己现在穿着的丝袜！把丝袜脱下来当袋子用吧！丝袜这种东西一般只有女人才会穿，把头发塞在里面，将会是一个可以在双重意义上强调'女人'存在的方法。"

"拜托你，匠仔。"高千终于想起了咖啡这回事，倒了一杯推给我，"喝了这个再说。"

"其实就这样放入旅行箱里就好了，但夏娃打算来个最后一击，于是又决定把戒指也塞进丝袜里。这样一来，不管小闺的反应有多么迟钝，也不可能误解其中暗含的信息。高千，你想想看，假如你去某个地方旅行，打开行李箱一看，却发现从未见过的丝袜中装着女人的头发和戒指，你会有什么反应？"

"我应该会浑身发抖吧！这和有没有见过无关，而是因为感受到了其中蕴藏的怨念。"

"怨念，说得对，正是强烈的怨念让夏娃采取了这些举动。不过，夏娃在进行最后一击时出了点小差错——她取下戒指的时候，不小心把戒指弄掉在地板上了。"

"你到底是怎么想到这个像模像样的场面的？"高千把嘴唇贴到杯子上，仿佛呆住了一般，"匠仔，你有成为诈欺师的天分。"

"戒指滚着滚着滚到了餐桌下，她一直跟在后面追，在抓住戒指后终于松了口气，却一时间忘记了自己正钻在餐桌下面，就这样直接站了起来。"

正要啜饮咖啡的高千缓缓停下手上的动作，却依旧把脸埋在热气中，只是抬眼望着我。

"夏娃的头部狠狠地撞上桌底,而她原先用来束起长发的银质发夹却由于起身时的角度关系,化为了痛击头部的凶器。夏娃刚刚捡起的戒指再次掉落,而她自己虽然跌跌撞撞地从桌子下爬了出来,但最后还是昏了过去。"

"昏了过去?"结果高千一口咖啡也没喝,"砰"的一声把杯子放回盘子上,"这么说来……"

"没错,我想夏娃当时还活着。这并不单单是我的想象,小闺曾脱口而出自己回家时她还活着。然而学长一追问,她又慌忙撤回前言,说她死了,甚至还找了个像模像样的借口,说自己误把空气从肺部外泄的声音当作了呻吟声。但现在回想起来,我敢打赌,夏娃并没有死。至少小闺回家的时候,夏娃确实还活着,只是昏了过去而已。"

"可是,既然注意到了这点,小闺为何还要坚持说夏娃死了?究竟是为了什么?撒这种谎对她有什么好处?"

"我想小闺大概是想尽早把夏娃这个'碍事者'从家里弄出去。为了第二天能够按时出发,小闺没时间接受警方的盘问。而且,在夏娃被送到医院的同时,这也变成了一起伤害事件,身为发现人的自己必然会被耽误时间——小闺就是这么判断的。因此她既没报警也没叫救护车,而是决定向岩仔求助,想让岩仔帮她把夏娃扔到别处去。这时,夏娃是死是活将造成巨大的差别。以岩仔的个性,要是知道夏娃还活着,就算是小闺命令他把人扔得越远越好,他还是会毫不犹豫地把夏娃送去医院。但如果岩仔这么做的话,小闺可就难办了。"

"为什么?"

"小闺不知道夏娃受伤以至于昏过去的真正经过,她大概以为是侵入她家的另一个暴徒殴打了她,换句话说她认定这是一起伤害事件。也就是说,夏娃被送到医院时便会引来警察。这样一来,就算她千叮咛万嘱咐岩仔不要提到自己的名字,也难保岩仔能撑得了多长时间。个性极为老实的岩仔很有可能会说出自己的名字——小闺一定是这么想的。所以她才硬说夏娃已经死了,并且坚称此说法到底。而我们就这样相信了她的话,连夏娃的脉搏都没有去摸。"

"那也可以这么说喽?要是夏娃死了,就算岩仔再怎么老实,也只能偷偷把尸体搬到别处扔掉。岩仔绝不会报警,倒不是为了他自己,而是不愿让小闺被卷入杀人事件——小闺就是这么判断的?"

"正是如此。"

"可是,这场赌博未免太过危险了吧?你想想,假如岩仔来的时候,夏娃正好清醒过来,那小闺该怎么办?"

"所以,我有个让人不愉快的想象。小闺为了防止夏娃发出呻吟声,有可能在岩仔来之前采取了某种行动,让她再次陷入更深的昏迷或者直接杀了她。"

高千的表情僵住了,拿着杯子的手痉挛着,一时说不出话来。一瞬间,我甚至怀疑她是不是想把刚煮好的滚烫咖啡泼向我的头。

"你是说……"虽然就这样表达出自己的愤怒一点也不奇怪,然而此时的高千却不知何故没有这么做。相比愤怒,她反而露出了至今为止很少在别人面前表现出的老成而又达观的表情。"小闺攻击了夏娃?"

"大概是的。"

"不知怎的,我也有点想喝酒了。"高千从塑料袋中取出一罐我买来的啤酒打开,突然又困惑地眨了眨眼,"怎么搞的……我根本没必要把匠仔说的话全都当真啊!"

"当然没必要。"

"可是我已经把匠仔的妄想当真了。明明是想想就觉得恐怖的事，但我竟然已经接受了。"她把啤酒倒入大玻璃杯中，目不转睛地盯着冒起的泡沫，就好像是有生以来第一次见到这副光景以至于被勾了魂魄一般，"为什么？"

"不知道。"

"难道说这已经不是匠仔的妄想，而是逐渐转变为我的妄想了……哎？"高千突然发出狂叫，以至于一直维持着表面张力的啤酒泡沫有几滴溢了出来，滴到了桌子上。"不对吧！匠仔，你刚刚说的话里面有个很大的矛盾。"

"真的吗？"假如有人能指出矛盾之处从而推翻这个假说，那该有多好……或许是因为内心抱有这样的期待，我的声音充满喜悦，连我自己听了都觉得惭愧。"什么矛盾？"

"你想想，和夏娃一同被发现的'箱子'是别人的头发，不是吗？之前小池先生不是也说过这一点基本上已经可以确定了吗？但你刚才的说法，是以'箱子'是夏娃自行剪下她自己的头发为前提才能成立的。既然这个前提本身就是错的——"

"原来你是说是这个啊！"我大失所望，"啊，对了，我还没说完呢！高千，这一点并不矛盾。"

"哎？你说什么？明明就——"

"'箱子'毫无疑问就是夏娃自行剪下的她自己的头发，但是和'箱子'一同在栈桥公园被发现的尸体却不是夏娃——这么想就没任何矛盾了，对吧？"

"你知道自己在说什么吗？"

"我说夏娃还活着。"

"你刚刚还说她死了，说她原本只是头部撞到桌底昏过去而已，但小闺为了一己之私,攻击并杀害了她。"

"是你听错了,我并没说小闺杀了夏娃。我的意思是,小闺为了防止岩仔来的时候夏娃发出呻吟声,有可能以让她陷入更深度的昏迷甚至于杀了她为目的而出手攻击了她。我想,小闺确实攻击过夏娃,这个可能性很高。但夏娃只是因此陷入更深度的昏迷,并没有死。"

"这么说,岩仔从滨口家搬出来的不是尸体?"

"岩仔把还活着的夏娃当成尸体搬了出去。但是夏娃还活着,活得好好的。高千,其实你前一阵子也见过她本人。"

"哎……哎?"

"还能有谁?夏娃必须是和宫下学长关系亲密的女性,而且她还知道宫下学长抛弃了自己,和别的女人——也就是小闺在一起。在我们周围,满足这个条件的女人只有一个,不是吗?是谁告诉我们宫下学长和小闺之间的秘密关系的?"

"露咪小姐?"高千的声音与其说是惊讶,倒更像是不满,"你是说,阿呼露咪小姐就是那个夏娃?"

"没有别的可能。"

"可是,匠仔,你和小漂不是去了小闺家并且亲眼看到过夏娃吗?尽管如此,你们在'丝丽绮'的时候那么近距离地看她,却完全没注意到她就是当时的夏娃?不,你和小漂就算了,就连以为她是尸体,费了九牛二虎之力才开车将她搬走的岩仔都没注意到?这种话你让我怎么相信?"

"事实上就是没注意到,那也没办法啊!不,我并不是要强词夺理,别忘了当时我们都以为夏娃——或许现在该称之为露咪小姐——是尸体。再说,我们在小闺家见到露咪小姐是七月十五号,准确来说是十六号早上,而我们造访'丝丽绮'是在八月十七号,都已经过了一个多月了。"

"在那之前的八月八号，匠仔你和小漂不是已经比我们早一步见过她了吗？她和那个山田一郎在一起。"

"即使如此，还是快过了一个月了！在这期间，露咪小姐头上的伤早就好了，被她自己剪断的头发也去美容院重新修剪成了漂亮的短发。再说，仰卧在地上闭着眼睛的模样和睁开眼睛面对面的模样给人的印象本来就不同，尤其是女人。这些微小的因素不断叠加，以至于我们谁也没注意到夏娃和露咪小姐是同一个人。"

"说白了就是你们洞察力不足而已，居然假惺惺地说了这么长的借口。不过，最关键的地方你还没说呢——这么一来，栈桥公园的尸体到底是谁？"

"我想，岩仔应该是暂时把露咪小姐放在了市民交流公园的凉亭里。当然，岩仔以为她已经死了。但没过多久，露咪小姐就醒了过来。"

"本来应该是在滨口家里才对，醒来却躺在那种地方，露咪小姐肯定吓了一跳，搞不好还怀疑自己是不是瞬间移动了呢！"

"或许她意外地推测出了几分真相——怕引起纠纷的滨口家的人偷偷把自己扔到这种地方来了。总之，恢复了意识的露咪小姐就这样离开了栈桥公园。我想她应该没注意到旁边放着装有毛发的丝袜还有戒指等遗留物品。假如注意到的话，应该会带走才是。"

"你的意思是说——放着丝袜的凉亭里又碰巧发生了另一起杀人事件？"

"当然，这种偶然情况并不是完全不可能发生。不过，在凉亭里真正被遗弃的尸体——暂时叫她爱娃好了——爱娃的头发也被剪断了，和露咪小姐的状况几乎一模一样。这些难道也是偶然吗？"

"或许凶手看到了掉在那里的装有毛发的丝袜，于是加以利用。"

"为什么？有这么做的必要吗？只要进行科学鉴定，立刻就能知道塞在丝袜里的毛发不是被害人的。特意进行这种伪装对于凶手来说究竟有什么好处？完全没有任何意义啊。凶手要是有时间剪断被害人的头发，早点儿逃离现场不是更好吗，对吧？"

"你这么说也确实如此……可是凶手实际上的确剪断了爱娃的头发，不是吗？难道这不是凶手所为，而是别人——"

"不，我认为是凶手做的。"

"既然没有任何好处，凶手为什么要那么做？"

"其实有好处的。"

"慢着。你一会儿说没有好处，现在又说有好处，到底有没有啊？"

"假如凶手是其他人，的确没有半点好处。但是对于这个人来说，却有唯一一个好处——就是让漂撒学长和我，而不是警察，弄错栈桥公园这具弃尸的身份。"

"让匠仔和小漂……什么意思？为什么不是让警察，而是让匠仔你们弄错？骗你们究竟有什么好处？话说回来，你的意思是那个凶手认识你们，那这个凶手究竟是谁——"

"咯噔"一声，高千坐的椅子突然翻了。抬起腰部的她似乎要用手撑住餐桌才能站起来，嘴唇也颤抖着。

"骗人……"面无表情——但那不是她平时像铠甲一般穿着用来起防卫作用的假面，而是人格错乱造成的。"匠仔……你，胡说……什么？"

"我到底在想象什么样的场面，不，应该说是妄想，接下来我会按顺序说明。首先，把露咪小姐放到栈桥公园之后的岩仔，回到车上准备离去。就在此时，不经意朝凉亭方向看了一眼的岩仔，却目睹了应该是尸体的女人居然摇摇晃晃地站了起来。不用说，岩仔肯定大吃一惊，但是他原本以为已经死去的女人居然还活着，这让他十分高兴。因为这样一来杀人事件就不存在了，自己也不会犯上尸体遗弃之类的罪了。你觉得岩仔会找谁第一个报告并且分享这份喜悦？"

"……小闺。"高千喃喃嘀咕着，嘴唇几乎没动，瞳孔像空洞一般，"你是想说……岩仔折回了小闺家？"

"或许岩仔也考虑过把露咪小姐送去医院，可是见她步伐还算稳健，心想多一事不如少一事，便没有叫住露咪小姐，而是直接开车走了。然而，当他抵达滨口家时，却发现有个意外的人物和小闺在一起。"

"宫下学长……"

"没错。当晚的宫下学长不太可能事先就计划好了前往滨口家，我想应该是小闺临时叫他去的。我曾经想象过小闺为了让露咪小姐再次陷入昏迷攻击过她，假如我的想象是真的话，那小闺可能因此陷入了亢奋状态。总之，小闺把宫下学长叫到了自己家里。其他人不知道宫下学长的联络方式，但小闺应该知道。另一方面，岩仔撞见他们两人在一起，心里的狂风暴雨可想而知。具体的情况我不知道，总之，岩仔一时冲动，把他们两个——"

"可是，他们两个！"叫声中混着悲鸣的高千忘了椅子已经倾倒，一屁股跌坐在地。然而，她似乎完全没有感到疼痛，表情没有半点变化。"他们两个现在一起在北美旅行……"

"可是小闺和宫下学长出国这件事根本就没人亲眼见过，也没人能够确认！他们根本没去美国，就连小闺的信和照片，也是瑞秋伪造出来的，不是吗？"

"那……那个亚当是……"

"米仓满男当然是假名。宫下学长并没有搬到别的公寓去,他为了逃到美国避风头,已经变卖了所有家当,跑到旅馆里躲了起来。他离开'安槻住宅'是在上个月的十一号,正好是亚当住到那家旅馆的日子。亚当预付了五天的住宿费,正好是到十五号晚上为止。因为他预定在十六号和小闺一起离开安槻,飞离日本。这么一想,一切就都吻合了。宫下学长就是亚当。"

"……和亚当同时被发现的'路德'呢?"

"当然是小闺的头发和从她身上脱下来的丝袜,这是为了让我们把小闺的尸体误以为是夏娃而做的伪装。当然,岩仔应该也把小闺的旅行箱等物件一起从滨口家带走了,这是为了让她的父母回到家时以为小闺已经平安出发了。"

"做这样的伪装究竟有什么用?"高千依然坐在厨房的地上,迟迟没有站起身来,"这种骗局不可能一直瞒下去啊。"

"搞不好他真的期待能一直瞒下去,顺利的话,说不定小闺会被当成出国旅行从而行踪不明,使得事件陷入迷宫。"

"可是,如果女儿一直不回来的话,小闺的父母肯定会提出搜索申请。警方只要仔细一查,很容易就能知道她根本没出国。"

"即使这样也无所谓。到时候,警方理所当然会推测她是在赴美之前——比方说东京——出了什么事。只要尸体没被发现,那么小闺行踪不明这个故事成立的可能性便非常高。社会舆论方面也会认定,小闺是因为受不了严厉的父母而离家出走吧。"

"仅仅是如此草率地处理,尸体就能永远不被发现?这不太可能吧?"

"就算尸体被发现,但只要无法判明身份就还是一样。"

"可是,万一栈桥公园弃尸这件事从你们口中泄露给警方……"

"这正是岩仔的期望。因为根据我们的证词只能确认一个结论——夏娃的身份可以是任何人,但绝不可能是小闺。"

"傻瓜!"大颗的泪珠在高千的眼角处膨胀,随即便像龙头坏掉的水管一般溢到脸颊上,雪崩般落了下来。"傻瓜!不是岩仔傻,是我傻,我是说我傻!匠仔的话我干吗要全部相信?搞不好根本不是真的,是真的可能性太低了。对于这种妄想,我为什么不一笑了之?为什么?"

"抱歉,高千,我好像又恶搞过头了。我不说了。"直到现在,我才伸出手拉了坐在地上的高千一把,或许我也因为自己的假说而失去了理智。"好了,站起来——"

"话不要说到一半!"

我完全忘了我们的身高差,本想帮高千站起来,却反而被拉得摔了一跤。

"可是……"

"对于匠仔的看法,我还有不能接受的地方。假如亚当真的是宫下学长,那岩仔为什么要把'路德'——也就是小闺的头发和丝袜——和他的尸体扔在一起?不奇怪吗?根据你的看法,岩仔希望小闺的身份无法被判明。既然如此,他理应不留下任何证据,让人发现栈桥公园事件和国道沿线事件之间有关联,对吧?万一亚当的身份被判明,警方自然会想到两名死者相互认识的可能性。这样的话,接下来有可能会一口气得出夏娃就是小闺的结论。岩仔为什么要冒这种危险?"

"对啊……"

终于出现了……自己的假说第一次被指出矛盾之处,我甚至想高声欢呼。然而,因为我站起来的时候用力过猛,头部狠狠地撞到了餐桌上,结果就像跳跃失败的青蛙一样趴倒在地。

"喂、喂!匠仔!"高千慌忙扶起我的头,"没事吧?"

"没、没事……高、高千,你说得对,就像你所说的,岩仔要是凶手的话,应该不会干那种事。对他来说,要是这两个案子被当作关联案件放在一起查就糟了,所以'路德'必须要和亚当的尸体分开处理,可是……"

突然,玄关的大门打开了,一阵风吹进厨房里。高千似乎没锁门也没上门链,只见小兔睁着一双圆溜溜的大眼睛站在脱鞋的地方,呆呆地看着高千和我。

"啊,啊哈,啊哈哈,失礼了!"我的身体躺在地板上,头却枕在高千膝上,见到这一幕的小兔似乎是彻底误会了。只见她的脸上浮现出抽搐般的笑容,身体向后退着。"打扰你们了,抱歉,抱歉!不,我不是故意的。两位慢慢来,我先走了哦!再见!"

"慢着!"高千放下我的头,飞奔出去,抓住小兔的衣领,"不、不是啦!"

"干、干吗?别担心啦,高千!不用那么紧张,我不会跟任何人说的哦!"

"我都说了是误会!"

"好了,好了,别嘴硬了,你们快继续吧!话说回来,该怎么说呢?竟然是跟匠仔……"

"STOP!我都说了是误会啊!绝不能让你在误会的状态下走出这房间!听我说,小兔,快进来。"

"这个……"

"立刻进来!"

"是!"被高千气魄压倒的小兔迅速跑了进来。

"坐下!"

"知、知道了!啊!拜托,这么拉衣服会破哦!都说我知道了嘛!真是的。"

"好啦,你到底有什么事?"

"咦?果然不是误会嘛!高千在生气,一定是因为两人的时光被我打扰……"

咯咯娇笑的小兔,突然像上了石膏似的僵住笑容;虽然从我的位置看不见,但我想她八成是被高千一瞪才瑟缩起来的。

"对、对不起,我是在说笑,开玩笑的。"

"我讨厌这种玩笑。"

"是、是啊!"

"既然没误会,就老老实实说,别瞎闹。我的个性你应该知道吧?"

"对啊,说得也是。对不起、对不起,高千,别那么生气嘛!我最喜欢观看别人沉浸于幸福之中,尤其是朋友们的幸福哦!所以一高兴就——啊,啊!这种话一说又会没完没了,不玩了、不玩了,我不说了。对了,来这里的只有匠仔一个?"

"对啊!干吗这么问?"

"岩仔、岩仔去了哪里?"

"岩仔?"方才的交谈言犹在耳,突然有股不祥的预感朝我袭来,这种预感通常特别准。"岩仔怎么了?"

"嗯,我刚才经过岩仔住的公寓前,看到外面停了很多警车,公寓外面还围着带子,禁止进入,不知道怎么了。围观群众都是在凑热闹,没人清楚发生了什么事,警察只说不能进去,什么也不透露。所以,我想找岩仔来问问,但到处都找不到他;漂撇学长他们还没回来,我以为会在匠仔那里,可是也不在,去了'I·L',还是没看到人。我想总不会在高千家吧？来这里一看，果然不在，只有高千和匠仔两个人在卿卿我我……咦？啊？怎么了？你们两个要去哪里啊？喂！你们要去哪里啦！"

失乐恋人

　　只有自己被蒙在鼓里,像个小丑一样,一想到此,我的脑袋就一片混沌了。

　　岩仔在公寓里上吊自杀,而他的遗书便是如此开头的。遗书里写的内容虽说和我那应该遭到唾弃的妄想并不完全一致,但也大差不差了。

　　根据警方的调查,大学笔记本上的圆珠笔笔迹已被确认是岩仔本人的,现场的状况也没有任何疑点,也就是说,岩仔是自杀的——这一点毋庸置疑。

　　动机自然是他对于自己所犯下的罪行感到悔恨,而且一想到自己将要被逮捕,作为罪犯度过自己的余生,他就寝食难安——遗书上是这么写的。

　　但前几天还若无其事地和我们混在一起的岩仔,为何到了八月十九号这天却突然选择自杀？原来,是因为亚当的尸体被发现成了导火索。

　　在国道沿线的杂木林中发现的尸体是安槻大学的大三学生宫下伸一,人是我杀的。

当然，我并没有乐观到以为官下学长的尸体永远不会被发现。虽然我将他藏在了很不起眼的地方，但我想总有一天还是会被发现的。

　　即使尸体被判明是官下学长，对我而言也无所谓。因为我认为绝不可能会有人怀疑我是凶手。

　　但是，我完全想错了。一旦尸体的身份被查出来，那么官下学长的新住址也会遭到调查（结果他是住进了旅馆，但我原先并不知情）。这样一来，自然也应该会从房间里找出官下学长为了赴美而准备的护照和机票之类的——我竟然不小心疏忽了这件事。

　　在此，我尽可能简洁地说明一下这件事的经过。

　　首先，我杀害了滨口美绪和官下伸一……

　　接下来，岩仔详细描述了七月十五号晚上的事。他被小围叫去替她处理家中突然出现的尸体，将尸体放在栈桥市民交流公园的凉亭中，然而正要回去的时候却发现那不是尸体。这部分因为和我的想象基本一致，所以就先略过。只不过，或许是不想连累我们，岩仔完全没提到漂撒学长和我的名字，而是写成一开始就是他自己开车去滨口家，也就是说全都是他一个人做的。

　　自己不必犯下尸体遗弃罪，一想到此，我就好高兴。然而，这份难得的喜悦随即像风一般消逝。

　　虽然我也想过美绪有可能已经睡下了，但还是返回了滨口家。滨口家的客厅跟我刚刚搬出尸体（我当时这么认为）时完全不同，简直灯火通明。我想叫美绪，然而从落地窗朝里面一看，我却哑然失声。

因为刚刚在居酒屋分别的宫下伸一竟然在里面。为什么宫下学长会在这里……我简直一头雾水。

美绪和宫下没有注意到庭院里茫然失措、呆呆站着的我，两人表情严肃地面对面说着什么。

情急之下，我绕到后门。因为美绪的懒散，当天滨口家一楼的门窗完全没有上锁。因此，我猜想这扇后门是不是也没上锁。

果然，门是开着的，我从后门进入厨房，然后躲到对开式橱柜的阴影里，偷听两个人的谈话。

"这样不好哎！"我听到了宫下学长的声音，他似乎有点生气。"好不容易明天就要出发了，要是被别人看到我来这里，就全白费了——"

"又没人在，有什么关系？"美绪似乎在闹脾气，"你今晚就住在这里嘛！我今晚怕得睡不着。"

"说是今晚，其实马上就天亮了，就剩几个小时不到了！"

"那就更没关系了啊！你就待在这里嘛！要是又有奇怪的家伙闯进来怎么办？要是我被强暴怎么办？"

"我都已经把家里各个角落都找遍了，一个人也没有。你接下来好好把门窗锁上，等到天亮不就行了？"

小闺果然以为夏娃（露咪小姐）是被另一个侵入者给袭击了，因此感到害怕。漂撒学长、我还有岩仔离开之后，一个人的她越想越害怕，生怕家里还藏着歹徒之类的，但她又没勇气自己去检查，因此便叫来了宫下学长——过程似乎就是这样。至于她是如何在这种时间段联络到人在旅馆的宫下学长的？原来他们两个之间为了以防万一，从以前开始就准备好了寻呼机。

"——他们两人为了宫下学长究竟是留下来过夜还是回家这件事争执了一会儿,接着美绪突然发起脾气来。

"你真的在乎我吗?"她开始质问,"真的爱我吗?"

"事到如今,你还说什么傻话?这不是理所当然的吗?"

"骗人,总觉得有些怪怪的。你真的已经做好准备要和我在美国生活一辈子了吗?"

"就是做好了准备才要去啊!"

"你该不会打算在途中丢下我,自己回日本吧?"

"别说傻话了。"

如果仅从岩仔的描述来判断,他们俩的争执简直毫无意义。就岩仔的印象,小闺似乎屡屡击中要害,宫下学长则是节节败退,不断重复着牵强的借口。

换句话说,小闺是打算私奔的,但宫下学长则不然,看来高千的假设似乎是一语中的。

没过多久,宫下学长拗不过美绪,只好答应留下来过夜。

接着,客厅暂时安静了下来,不过他们俩并没有出去。客厅里不时传来低声窃笑和类似嘴唇相互重叠的声音,总之气氛变得相当淫靡。因为我不能亲眼看见,反而感觉更加不堪。

我再也忍不住,想从后门偷偷出去。现在回想起来,假如我早几秒做出决定,离开滨口家,或许就不会犯罪了。

"——真是无聊的聚会,"我听见美绪一边喘气,一边弹着舌头说道,"根本是浪费时间。要是从一开始就我们两个这样单独相处就好了。"

现在重新写成文字再看，连我自己也觉得没什么大不了的。但不知该怎么形容，当时的我听到这句话，只觉得自己的存在被冷漠地彻底否定了。

和美绪一起度过的时光，对我来说是无比珍贵的。虽然并不是我们两人单独相处，而是和朋友们一起，而且我和她之间也没有特别亲密的交流，但我依然觉得非常快乐。或许我的形容十分过时——对我而言，那是值得被装进宝盒珍藏的美好时光。

然而，美绪本人居然就这样否定了一切，让我有一种自己的宝盒被人从后面一脚踢飞的感觉，而当我慌忙寻找被埋进泥土里的宝石时，背后又传来了狠狠的嘲笑声一般。

回过神来，我的手上已经多了一把敲肉锤。我已经记不太清是从哪里弄来的这东西，似乎是摆在水槽旁边。厨房并不乱，收拾得很整洁，但不知何故只有这把敲肉锤没有摆在固定的位置，而是被丢在了那种地方……

补充一下，这把敲肉锤应该是小闺为了攻击露咪小姐才拿出来的，她打算稍后把粘在上面的血迹洗掉，所以才放在水槽旁边。归根结底，小闺可以说是在双重意义上对岩仔犯下了罪行。假如她在使用之后能把这件凶器好好地放回原处，或许可以避免岩仔这一时冲动的犯罪行为。

于是，我袭击了在客厅沙发上缠绵的两人。

你们有什么权利……我是这么想的。你们有什么权利把我排除在外？你们究竟有什么权利把别人珍贵的东西当作垃圾来嘲笑？你们有什么权利把别人当傻瓜，以为只有自己的东西是美丽的，有价值的，而别人一辈子也得不到？你们有什么权利让别人不要痴心妄想，闪一边去？你们有什么权利以男女主角自居，而把别人都贬作小丑？

他们俩情欲正浓，根本来不及抵抗。我挥舞着敲肉锤猛打他们的脑袋。怎么，原来你俩还穿着衣服啊——不知为何，我到现在仍然清楚记得自己当时闪过的这个蠢念头。

直到他们两个头破血流地倒在我眼前，我才回过神来。

把尸体就这样放在这儿肯定不行……我这么想着。到了明天，美绪的父母就会回来，当然，他们肯定会立刻报警。

要是这件事传开来，第一个被怀疑的就是我。因为……

到此，岩仔应该是注意到如果要说出这个理由，就不得不提到漂撇学长和我的名字。毕竟我们俩亲眼看见了他是最后和活着的小围在一起的人。但岩仔似乎终究无法下定决心供出我们的名字，在这之后的部分，圆珠笔的笔迹变得缭乱，并且没了下文，而是就这样换了一行。

总之，我决定将两人的尸体从滨口家搬到远一点的地方，便轮流扛起他俩的尸体，放进车里。我从不知道人类的尸体居然那么重，而且还有两具。这简直是个让我差点儿昏过去的重体力活，但我咬咬牙还是挺过去了。

就这样，我下意识地把车开往刚刚才去过的栈桥市民交流公园。我想一定是因为我想不出其他地方了。

当我到了凉亭一看，发现刚刚那个被我误认为是尸体的女人忘了把她塞在丝袜里的头发带走……

这里补充说明一下，岩仔在搬运露咪小姐的时候，已经把戒指戴回到她手上了。

我突然灵光一闪，载着两个人的尸体，又返回了滨口家。接着，我从厨房拿出料理用的剪刀，剪断美绪的头发，并脱下她的丝袜，把头发塞入其中，然后重新带着美绪的尸体前往栈桥市民交流公园。

要问我为什么这么做……

当然，如果要说明他这么做是为了让人认错尸体的身份，肯定又不得不提到漂撇学长和我的名字，岩仔注意到了这点，所以再度中断了文章。其实他打的如意算盘是：万一自己被查出跟遗弃尸体有关，也可借由漂撇学长和我的证词，证明夏娃的尸体是小闱以外的某个完全不认识的女性。

为了避免误会，我事先声明：关于岩仔刻意省略的部分，漂撇学长和我在接受警方盘问的时候已经全部吐露出来。

然而，我不想把官下学长的尸体跟小闱扔在一起，在丢弃掉美绪的尸体之后，我再次发动了车子。

最后，我开车进了山里，把官下学长的尸体扔在国道沿线的杂木林中，就在这时，我犯下了无法挽回的错误。

我以为自己的行动一直出奇的冷静，但我犯下的毕竟是杀人这样的滔天大罪，脑袋里早已血气上涌。

我把装有美绪头发的丝袜和官下学长的尸体扔在了一起。当然，我本来是打算分开来处理的，但似乎一不小心就这样错手丢进了杂木林。

说起来我也真是糊涂,直到看了十九号的早报,我才想起这件事。这时我才终于知道自己犯下了重大失误,吓得脸都绿了。

因为……

或许是因为不能如实地将真相全部写出来,所以心里很不耐烦吧,岩仔写到这里开始用圆珠笔狠狠地乱画,以至于在大学笔记本上戳了个洞。

当然,理由我们很清楚。即使亚当的身份被判明为宫下学长,但只要没人想到这件事和栈桥公园的案子有关,岩仔就没什么好担心的。

然而,岩仔却亲手给了警方,甚至我们将两案当作关联案件来考虑的机会,因为他犯了个重大错误,竟然把装有小闺头发的丝袜遗弃在亚当的尸体旁。

接下来的午间新闻报道了亚当是投宿在市区旅馆的名叫米仓满男的男子,给了岩仔更沉重的打击。

岩仔当然立刻明白,米仓满男就是宫下学长,更糟糕的是,被害人的行李居然还放在旅馆里。

也就是说,死者的真实身份很快就能被查明。岩仔认为,既然宫下学长预定和小闺一起赴美,他的行李之中应该装着护照、机票之类的东西,从这些东西上可以立刻明白死者的身份。

一旦亚当的身份被查明,而且知道了他正准备前往美国,那么相互关联的栈桥公园案件中被遗弃的尸体实际上是小闺一事,也会跟着水落石出。就算警方没有注意到,漂撇学长他们也会发现——岩仔是这么想的。小闺被杀这件事曝光之日,便是朋友们察觉自己是杀人凶手之时。他只能认命。

事实上,我的确察觉到了,因此岩仔的想法并没有错。只是有一点他弄错了,就是"米仓满男"放在旅馆的行李中,别说护照,连任何能证明身份的文件都没有发现。

宫下学长的护照和机票等贵重物品都是在机场巴士出发车站的投币式储物柜里被发现的,大概是为了防备自己住的旅馆被山田一郎和荣治他们发现进而找上门来。用心如此之深,可见他有多害怕山田一郎。

在这一点上,岩仔可以说是操之过急了。

话说回来,既然要认命,我多么希望他去自首。如此追悔的,想必不止我一个。我不知道岩仔本人是怎么想的,但他结束了自己的生命,离开了这个世界,可以说是永远地"排挤"了我们——那么害怕、那么讨厌被排挤的岩仔。

经由滨口夫妇认尸,确认了夏娃就是小闺——滨口美绪。另一方面,对于宫下家来说,母亲才刚刚去世,随即就发现了长男的尸体,这个夏天简直是遭到了双重悲剧的侵扰。

事到如今,再重复这些怨言已经无济于事。但我不禁想到,如果小闺只是个普通的女大学生,或许就不会发生这次的事件了,至少发生的可能性会变得很低。

如果小闺没有被父母如此戏剧化(严格一词已不足以形容)地束缚和管教,而是正常地享受着普通的大学生活,宫下学长就无法乘虚而入,也无法利用她进行逃亡计划。这一点应该错不了。

滨口夫妇究竟为何犹如对待"囚犯"一般对待独生女儿?难道是因为他们自身那不为人知而又不道德的"嗜好"所产生的反作用?

只要不给别人造成困扰,无论拥有什么兴趣或者嗜好都是个人自由——如果他们坚持这样干脆明确的态度，就不会有任何问题。然而，他们做不到——至少我是这么想的。他们心中有愧。沉溺于不道德而又罪孽深重的快乐之中，所产生的罪恶感时常纠缠着滨口夫妇。因此，在这样的反作用之下，他们对待女儿极端严厉，甚至到了歇斯底里的程度，以此来维持表面的道德感——我只能这么想。

要真是这样的话，那是多么滑稽的一件事啊！他们的双重标准，竟然以如此怪异和讽刺的方式在独生女儿的身上结出了果实。

是的，怪异。这个夏天的一切都显得如此怪异。

于是，在大二的暑假结束之时，我们失去了三个朋友。

尾 声

"我不是说了吗?绝对会成功的。"

"啊……确实是。"

"怎么了?一脸不高兴的样子。"

"是不是做得有点过头了?"

"为什么?怎么说?"

"你想想,现在这样等于说我死了啊!"

"你在说什么啊?我们的目的本来就是做出这样的伪装啊,所以现在这样不是正好吗?"

"才不好,这样一来,我不就失去户籍了吗?"

"啊?这么说来,你打算再次从我身边逃走喽?"

"我不是说这个。"

"那你想说什么?"

"我是在担心。"

"担心什么?"

"岩仔的遗书一口咬定那是我的尸体,要是大家就这样完全相信了他的自白,不做任何检查就把尸体拿去火化,那我不就得一直像这样当'幽灵'了?"

"你在说什么啊?你要是想的话,自己站出来不就好了?说声'我还没死'什么的……"

"喂喂,这样一来,不就有人会问那个当了我的替死鬼的男人是谁杀的吗?总不能老实说是我们两个一起杀的,而且我还盗用了他的身份一直躲着吧?"

"傻瓜,我又没那么说。稍微动点脑子好吗?你害怕山田的报复,所以只能东躲西藏——这不是绝好的借口吗?只有这一点你老实说出来也没关系。在你东躲西藏期间,没怎么关心社会上发生的事情,更不知道自己被当成了杀人案中的死者——你这样说不就好了?"

"对啊!"

"就是,明明就很简单。"

"这倒也是。说起来……"

"什么?"

"没什么,我只是有点好奇,'那个男人'到底是谁啊?"

"不知道。"

"不知道?怎么可能?"

"我真的不知道啊!只听说是小琪的老乡。"

"连小琪本人也不知道?"

"估计不知道吧!只知道那个人从前就一直对她纠缠不休,就算她从乡下逃出来,那人还是缠着她跟了过来。"

"不过啊……也不用杀了他吧?"

"我不忍心看小琪被那家伙死缠烂打。再说,对你来说不是正好吗?你这样一直躲着山田,也总有个界限吧。就算你总有一天要'再活过来',但目前最好还是装成死人,等这件事过去之后再说。正好那家伙跟你身材差不多,血型也一样,当然,如果对照齿痕的话就没法蒙混过关了。不过听说那人在乡下就是个讨人厌的家伙,所以不用担心有亲戚或者熟人找上门来。那人在这里也没朋友，搞不好你真的能一直冒名顶替下去。你自己不也同意说只有这个办法了吗？"

"话是这么说……"

"是吧？这样狠下心来实行下去的结果，就是全天下的报纸都会帮忙保证你的死亡。山田听到你的死讯后也会死心，等工作一忙就会把这事忘了。这么一来不是正如我们所愿吗？"

"话是这么说……"

"话说回来，那天晚上真是吓了我一跳！你满头是血，跑来找我的时候都已经快天亮了。哼！你脸皮还真厚，明明当天早上是打算丢下我，跟别的女孩远走高飞呢！"

"我也没办法啊。突然被美绪叫到她家，没想到会发生这样的骚乱。岩仔这家伙不知道发什么疯，真是的，搞得这么麻烦。美绪被打死了，我也差点儿送了命，害得我精心策划了这么长时间的逃跑计划全泡汤了。"

"你所指的逃跑计划，难道是说盘算着从我身边逃走吗？你居然还恬不知耻地来找我，真是不要脸。"

"我也是走投无路啊，根本没地方可以去。而且，你不是什么也没说就把我藏在房间里，还找了认识的地下医生来给我治疗吗？再说，看到你也一样满头是血地受了伤，我才惊讶呢。"

"我自己也不知道发生了什么。本来因为你的事，我想去找那个小丫头理论，结果她家里没人，就在我考虑该如何泄愤之时，却撞到头昏了过去。醒过来的时候就已经睡在栈桥公园了，简直是莫名其妙。不过，我看了那天的晚报，又听了你说的那番话，就明白了那具尸体正是那个小丫头，然后我就由此想到了这个计划，厉害吧？"

"嗯，也是。"

"等你大学的那群朋友来我们店造访的时候，我就意有所指地跟他们说要想知道你的下落就去问滨口美绪，果然大获成功。接下来，他们把那家伙的尸体误认为是你也只是时间问题了。"

"好厉害！"

"哈？就这样？我本来还想让你更感激我一点儿呢。"

"说什么呢？要是没有我下意识带回来的美绪的头发和丝袜，这个赌注根本没法成立吧？"

"话说回来，你干吗把那种东西带回来？"

"我也不知道啊。被岩仔装进车里的时候下意识地抓住了，只是这样而已。岩仔一心以为我已经死了，所以也没注意到。那时我可完全没想过要利用这个来干些什么。"

"你看，果然还是我的功劳吧。"

"对了，我听说——"

"听说什么？"

"你跟学长他们说山田是你弟弟？"

"怎么？是小琪教我的。有什么关系嘛！那个学长还蛮对我胃口的，我就装出一副还是单身的样子喽。"

"哼！真是水性杨花的女人。"

"你还好意思说我？你以为我不知道？你以自己的立场为借口，最近经常调戏小琪吧！"

"有什么关系？这也是作为替身的任务嘛！再说，如果不多陪陪她，保不准她哪天会把秘密泄露出去呢。"

"你到底是希望秘密被揭穿还是不希望被揭穿啊？"

"要是马上就被揭穿的话，我可就伤脑筋了。但要是一直不被揭穿，我更伤脑筋。"

"所以我不是说了吗？你要是想的话，到时候自己站出来不就行了？这不是很简单吗？要不然，你现在就现身？"

"那样的话，立马就会被揭穿耶！"

"哼！一会儿说讨厌当幽灵，一会儿说还是诈死好。"

"我只是想四肢健全地逃过这一劫，仅此而已。"

"哈？就为了这个，你不仅抛弃女人，就连好朋友被打得遍体鳞伤也坐视不管，还真是一点儿也不在乎啊！"

"好朋友？喂喂，别开玩笑了。那些烦人的家伙才不是我的好朋友。"

"哦？"

"你嘴上这么说，其实还不是怕那个家伙。"

"那个家伙——是指山田？哈！谁怕他了？连勾搭我的男人长什么样都不知道，光靠名字和身份就干劲满满地到处找来找去。这个男人啊，基本上脑子不太够用。就拿你的事来说吧！只不过告诉他你是小琪的老乡，他就连经历也不查就雇用你了。这种笨蛋轻松搞定啦，轻松搞定！"

"果然是这么回事啊！"

漂撇学长突然拉开纸门，闯进房间，而正在被窝里光着身子卿卿我我的男女——宫下伸一和阿呼露咪的表情中，鄙夷、怯懦之色更胜于惊讶之情。

"干吗？你们……到底是从哪儿进来——"

"我就觉得奇怪。"漂撇学长冷冷地打断宫下学长，平时很能说的他，此时却罕见地仿佛说话会感到痛苦一般，一口气说道，"假如岩仔误认为是尸体而搬运的女人是露咪小姐的话，那么这之后，当她听说有一具尸体和自己以相同的状态出现在相同的地点时，应该会感到极为不可思议才是。然而，我们造访她时，她却决口不提此事。照理说，她应该会怀疑那具尸体是不是跟宫下的失踪有关。即使她对于不法侵入滨口家一事感到内疚，但只字不提的话再怎么说也显得过于做作了。"

不知道宫下学长和露咪小姐到底有没有听到漂撇学长说的话，两个人的眼神与其说是因被捉了个正着而感到困扰，倒不如说像是在责怪我们擅自闯入。事情来得太过突然，他们似乎还没能切实感受到自己身处的窘境。

"岩仔好可怜，一心以为自己杀了小围和你两个人，就这么选择了以自杀谢幕。如果你们没耍这种小聪明，岩仔应该能知道自己至少没有杀掉你，这样一来，或许他就不会干出自杀这种傻事，而是选择自首。你懂吗？这个道理你究竟懂不懂？"

"可是，"终于，宫下学长一边发出不服的声音，一边坐起上半身，"可是杀了美绪的是他，这个事实无论如何都已经无法动摇了吧。"

"杀了你的替死鬼的，是你吧？"

"不是我，我只是像这样按住他的手——"

"你当然会去自首吧，宫下？"似乎再说下去会更加痛苦，漂撇学长像是要挥走这股苦闷一般打断了对方，"不然你没脸站到你妈的遗像面前。你这个不孝子，快穿上衣服！"

"别、别开玩笑……"

"我话说在前头，你们最好仔细想想我们是怎么进来的，我们到底是从谁那儿弄到这里的钥匙——"

他们似乎理解了学长在暗示什么，连原先露出一脸赌气般的表情,大大咧咧地袒胸露乳赖在床上的露咪小姐都脸色一变,跳了起来。

"唉,怎么说呢!"山田一郎穿过我的身旁,走进房间,摘下有色眼镜,用手帕缓缓地擦着,"原来我这么被人看不起啊!"

"你、你……"

"我不是说过好多次了吗?再不适可而止的话,可是会见血的哦!你这个蠢女人!"

"不、不是,"她慌忙用被子盖住直到刚刚还大大咧咧裸露在外的乳房,"不是的,你、你听我说,听我说!"

"不用慌,我不会插手。"山田重新戴上眼镜,一边发出低笑声,一边用下巴指了指漂撒学长,"这个人说一定会让你们自首,求我别插手。不过,要是你们两个死都不承认,到时候就会交给我来处理。"

呜哇——一道不能称之为声音的呻吟响起,露咪小姐跌下床来,一屁股坐到地上。她已经没有多余的力气去遮掩一丝不挂的身体。

"你还挺有种的嘛!"对于像得了疟疾一般浑身抽搐的宫下学长,山田露出尖尖的虎牙,笑了笑,"我真想表扬表扬你的胆量,搞得不错嘛,竟然厚颜无耻地跟在我后面。哦!对了,你的感冒好了没?嗯?"

"我们彻底被骗了,"漂撒学长罕见地发出如此忧郁阴沉的声音,"没想到我们要找的人会堂堂正正地以那种形式出现。明明没有做什么大的变装,但我和匠仔却完全没有注意到。不过,别搞错了,宫下,我们并不觉得这是因为我们自己的疏忽。"

我条件反射般地摸了摸后脑勺。当然,实际上已经不痛了,但随着记忆复苏,竟然有种那个部位还在发热的错觉向我袭来。胸口被抓住,后脑勺被狠狠地往"安槻住宅"的邮箱上撞的记忆——而这并不是别人,正是宫下学长亲手所为。

"我也想见识见识，"高千在我身旁插嘴道，"为了自己的身份不被揭穿而不择手段，不惜连朋友都下手痛殴，如此奋不顾身的戏码。"

一瞬间，头发染成茶褐色、蓄了一脸络腮胡的宫下学长似乎企图逃向窗边，却因高千的这句话而变得全身僵硬。见状，我不禁深切地想到——幸好现在处于那种立场的不是我，要是被那激光般的声音击中，仅仅如此我就一定会窒息而死。

"好啦，差不多可以穿上衣服了吧，宫下伸一先生？不，或许在这里该叫你荣治小弟？"

宫下学长意义不明地喃喃自语着，跌坐下来。那声音和他以"荣治"为名出现在我们眼前时，为了隐藏真实身份，谎称感冒而刻意挤出的嘶哑声极为相似。

KANOJO GA SHINDA YORU by Yasuhiko Nishizawa
Copyright © Yasuhiko Nishizawa 2000
All rights reserved.
Original Japanese edition published by Gentosha Publishing Inc.

This Simplified Chinese edition is published by arrangement with
Gentosha Publishing Inc., Tokyo through East West Culture & Media Co., Ltd., Tokyo

图书在版编目（CIP）数据

她死去的那一晚 ／（日）西泽保彦著；孙国栋译．——2版．——北京：新星出版社，2022.12

ISBN 978-7-5133-4993-2

Ⅰ．①她… Ⅱ．①西… ②孙… Ⅲ．①侦探小说-日本-现代 Ⅳ．① I313.45

中国版本图书馆 CIP 数据核字（2022）第 164738 号

她死去的那一晚

[日] 西泽保彦 著；孙国栋 译

责任编辑：刘 琦
责任印制：李珊珊
封面设计：@broussaille 私制

出版发行：新星出版社
出 版 人：马汝军
社　　址：北京市西城区车公庄大街丙3号楼　　100044
网　　址：www.newstarpress.com
电　　话：010-88310888
传　　真：010-65270449
法律顾问：北京市岳成律师事务所

读者服务：010-88310811　　service@newstarpress.com
邮购地址：北京市西城区车公庄大街丙3号楼　　100044

印　　刷：北京美图印务有限公司
开　　本：910mm×1230mm　　1/32
印　　张：7.25
字　　数：116千字
版　　次：2022年12月第二版　　2022年12月第一次印刷
书　　号：ISBN 978-7-5133-4993-2
定　　价：48.00元

版权专有，侵权必究；如有质量问题，请与印刷厂联系调换。